U0119416

現代文學六二

吳啓寅　著

LITERARY TIMES
博客思出版社

謹以此書獻給

我的祖母陳從琪女士

目錄

一　鞋與負彩

起床的時候，窗外的天氣跟前幾天沒什麼兩樣，持續一週的大雪在五天前停了，X市的上空仍舊是昏壓壓的，好像大雪隨時會再度來臨一般。

我穿好居家服，打開了衣櫥邊的英萊藤（我們X市特有的照明設施），通徹透明的球體散發出柔和的光芒，將屋裡照得一片敞亮。我順手拉上了窗簾，很顯然，看到外面陰沉的天空會讓我更加壓抑，而我已經很壓抑了——昨天老闆通知我說我被辭退了，換言之，他不需要我再去他的鞋店裡幹活了。我在這個鞋店已經幹了五年，沒出過什麼大的紕漏，也沒學到什麼特別的技術，每天混混日子，生活緊緊巴巴倒還湊合。說到被老闆辭退，我倒也不覺得十分奇怪，X市現在已經亂成了一鍋粥，因爲紅色通文的緣故（政府下令追殺超生兒），蔓茉莉被革命黨人燒掉了，這一燒，檔案全都沒了。打個比方，假設我叫李四，走在大街上我說我是張三，便沒人能認定我不是張三，即使有熟人在一旁作證我不是張三而是李四，我也能強辯個一時半會兒不落下風。

話說回來，我居然就那麼輕描淡寫地答應了老闆辭退我的「請求」，今天一覺醒來，再想起這件事，便愈發覺得自己當時的表現十分可笑。這個月的工錢我尚未拿回來，怎麼就答應了老闆不再去店裡？我越想越覺得氣悶，難不成要吃這啞巴虧？不行，我至少得把這個月的工錢給討回來。

這麼想著，我給自己煎了個雞蛋。蛋裡放的胡椒還是兩年前買的，用到現在還剩半瓶，我暗自慶幸，聽說雜貨店裡的調味品已經售罄（幾天前就被慌亂的人群搶奪一空），按照我目前使用胡椒的速度，這麼半瓶胡椒用完的時候，社會肯定能再次步入太平，到時再去雜貨店補貨也不遲。即使我的運氣再不濟，在這動亂年代攤上招待親友（提供避難的別名）的苦差事，我倒也可以給他們的煎蛋裡少放些胡椒。如此算來，這半瓶胡椒至少還能用個一兩年不成問題。總而言之，胡椒對於我來說並不是什麼要緊的問題，至少目前來說是這樣的。

如果說現在有什麼對於我來說是當務之急的，那肯定是去老闆那裡要回上個月的工錢。

時勢一動盪，誰都不知道這些小商小販會溜去哪裡。我得要到工錢，再把錢換成些食材物資帶回家儲藏起來。在吃煎蛋的時候我在想，老闆要是溜了我該怎麼辦，思來想去，我覺得鞋店裡那麼多東西，一夜之間（我昨天晚上六點下的班）怕是來不及收拾好運走，如果老闆先開溜了，我好歹能扒拉些家具皮革去典當行裡換些現錢，最好是換成日用品，省的我再去雜貨店買，更別說還有可能買不到。

我套上了半年前從鞋店裡順出來的一雙鞋準備出門，老闆爲了這雙高跟布絨牛皮鞋還問過我幾次，他懷疑是我偷了這雙鞋（的確是我偷的）。當然，他沒有證據，我也不會鬆口，這一來二去，鬧得店裡生意受影響，老闆也就姑且不再追究這件事。我一直沒敢當著老闆的面穿這雙鞋，生怕被他發現是我偷的。如今被辭退了，我也就不用再擔心這些瑣碎的細節。

現在想起來，昨天那麼輕易就接受了被辭退的事實，而沒有反過來去討要工錢，也是因爲有那麼一瞬間想起了這雙鞋，心中頗有些愧疚。我這人好面子，當時答應了老闆被辭退，渾渾噩噩地也就沒去細想，今天一細究，那愧疚感倒也消失得無影無踪。其實我穿上這鞋去討要工錢，也帶著些自我安慰的意思，這雙鞋抵得上我大半個月的工資，即使沒有要回工錢，我也不至於太虧。

下樓的時候，我撞見了我的鄰居，一個養著熱帶烏龜的中年男人，他正慢吞吞地上著樓梯。在我的記憶裡，他總是一副慢悠悠的閒散模樣，好像相比於其他人，時間在他的周圍要慢上幾個節拍。可以這麼說，如果我的鄰居走在大街上，你很難不去注意到他，因為他實在是太慢了，無論是走路，還是轉頭，甚至就連最輕而易舉的眨眼皮，在他那裡也要慢上不少。從旁人的角度來看，他並不像是因為氣喘或是別的什麼身體原因而變得行動緩慢，但也從來沒人真的在意這些細節（或許他真有什麼不為人知的病史）。不過對於因行動緩慢而引人注意一事，他自己倒並不在意，證據之一便是他十分樂於出入公共場所。

在離我們這棟樓不遠的地方有一座公園，下班之後，我有事沒事就會去那裡散步，偶爾也能看見我的鄰居在湖邊石子路上溜著他養的烏龜。那烏龜足有鞋底高，圓滾滾的，四條腿粗壯而結實，龜背上的花紋紅綠交錯，稍不留神就會掩在草叢中不見了蹤影。為了拴住這可憐的小畜生，我的鄰居就牽著根一米多長的紅繩，在龜背的二分之一處纏上一圈，這一人一龜在公園的石子小路上溜達，便能引得三三兩兩的行人駐足圍觀。自目睹我的鄰居牽著烏龜散步之後，我總算是有了一套新的理論去解釋他平日裡的行動遲緩——大概是與烏龜相處得久了，他也沾染上了烏龜的習氣。這麼想來，與皮鞋相處久了的我，變得油亮圓滑也就不再是什麼稀罕事了。

在樓道裡擦身而過的時候（我從他身邊一溜煙竄了下去），我那好心的鄰居緩緩地轉過頭，叮囑了我一句，我只聽到他說「還是待在家裡為好」，其他的我就聽不清了（他連轉頭加講話的功夫，我已經下了好幾層樓），我想大概就是一些鄰里間俗套的噓寒問暖，對此我本可以仰頭衝著樓道裡喊上一聲謝謝，但當時我並沒有應答他，因為我滿腦子裡想的都是待會兒怎麼和老闆據理力爭。為此我有一套淺顯的理論，即一個人在一個時刻只應該做一件事，這叫專注（想著討要工錢的論據，就不應該分神去答謝鄰居的關心）。當然很多人不同意我的看法，他們會管這種叫腦子不夠用，或者叫傲慢。但沒辦法，我就是這樣一個人，一時半會兒肯定改不過來。因為疏忽了他人或忘記接話而得罪人的事我幹過不少，對此我常在事後反省總結，實在是感到愧疚的，我也會擇期賠罪。但我覺得我的鄰居顯然並不在乎我那聲道謝，就像我也不在乎他沒說完的後半段話一樣，這可能就要歸功於鄰里間無聲的默契了。

大雪過後的這幾天，我家樓下的跳蚤市場一直十分冷清，小商販們大多早就收拾好了攤鋪，以避開這即將到來的戒嚴時期。為數不多的幾個攤位上還有搓著手哈熱氣的攤主，不是在低頭打著盹兒，就是在一邊清理攤位，他們都一副無精打采的模樣，好像在這個特殊時期上街擺攤也只是例行公事罷了，就和餓了要吃飯一般不足為奇；但是小商販們的漫不經心卻又有些無奈的意味，只需稍加注意，便不難看出他們的眼神裡夾雜著一絲寒磣的希望，這希望萬難實現，以至於不值得被充分表達——在特殊時期出攤，誰不想再多做幾筆買賣？但在特殊時期出行，誰又眞的在乎跳蚤市場上那些不實用的小玩意兒？對此，行人和仍然出攤的小商販顯然都心知肚明，因而既沒有什麼攤主爲了招攬生意當街吆喝，也沒有哪個行人去攤前假惺惺地詢價，好像緘默不言便能保有體面和尊嚴，並在最大程度上與周遭的肅穆氣氛相融洽。

半米高的積雪仍舊堆在道路的兩側，已經過了好些時日也不見消融，往年政府組織的掃雪大隊早已沒了踪影，可以說X市的整個公共服務體係都癱瘓了，公共交通系統自然也不能例外。我所住的地方離鞋鋪並不遠，平日裡我都會搭乘公共汽車往返兩地，最近這幾天我只好改爲徒步，原本十分鐘的車程硬生生地變成了四十分鐘的步行，還是在雪地裡，可眞叫人苦不堪言。

鞋鋪在主城區的商街，往那個方向走了不一會兒，路上的行人便漸漸多起來，大家行色匆匆，誰也沒有功夫和閒心去理會他人。寒風在道路兩旁的建築物之上呼呼地吹著，我縮緊了脖子低頭查看路面，眼前的道路還未結冰，但融化的雪水早已被無數鞋印踩踏得骯髒不堪。我暗自慶幸這雙布絨牛皮鞋製作精良，鞋裡竟滴水未進，不過剛出門的時候我就隱約覺得腳底有些不對勁，像是被什麼東西硌住了，起先我以爲這是腳不適應新鞋，走了好一會兒，還是覺得怪異，這讓我有種脫下鞋子檢查鞋底的衝動，但礙於路上行人多了起來，我實在不好意思當街把鞋脫下來檢查（雖然沒什麼人會在乎我的舉動，但我那脆弱而敏感的虛榮心可不管）。正當我思襯著要不要脫下鞋子的時候，半空中忽然響起了刺耳的警報聲，這警報聲十分突然，沒人知道究竟發生了什麼。

我的心裡閃過一絲不祥的念頭，但那念頭很快就被我否定了。從概率上來說，我並不認爲這警報與我有關，但從實際情況來看，警報（和後續的疏散）又毫無疑問會影響我趕去鞋店討要工錢的進度。當下我尚不得知鞋店的狀況，如果我的老闆早早打了烊或是跑了路，我便沒有理由怪罪這警報，但如果是因爲這警報拖累讓我不得工錢，那我可眞就無話可說了——正是爲了趕路，我才抄了這條平時不常走的近道，但也恰恰是因爲走了這條近道，我才會被警報耽誤。這麼想來不免讓人感到頭疼，我只是去討要合法工資，但負彩就不偏不倚地砸落在我頭上。似乎身在動盪年代，合法並不能規避負彩，一切看似可能與不可能的負彩都有可能降臨在你我頭上，它的發生與出現是突兀的，正如空中嘶鳴的警報一般，並不需要理由。事到如今，我能討到工錢的概率已經大大降低，與其越想越氣悶，倒不如做好思想準備，接受眼前發生的一切。這麼想著，我倒也不覺得那麼煩躁了。

當然，面對突如其來的警報聲，人們很難作出恰如其分的反應。蔓茉莉被燒也只是三天前的事，雖然人們都已經做好心理準備，不斷告誡自己X市的局勢會有動盪，但這種事當眞發生在自己面前的時候，還是會不自覺地手足無措。短暫的面面相覷過後，人群便開始騷動起來，我被裹夾在一群人之中，也只好跟著他們一路小跑起來。如果多年後的吳ＸＸ（對，這是我的名字）還能記起這段場景，他一定會幻想出一個上帝視角，也一定會覺得我現在的模樣十分滑稽可笑（跑起來像個無頭蒼蠅，又因爲鞋子硌腳的緣故一瘸一拐）。但是話說回來，面對如此危急的情況，也不宜苛求過多，換做是多年後的吳ＸＸ遇到類似的情況，他也萬難有什麼良策，大概只會被再往後的吳ＸＸ嘲笑。

被人群推搡向前的時候，我有一種莫名的出離感，這齣離感源於一種失控，因失控而生的是一種十分特殊的生命體驗，那些埋在記憶湖泊深處的碎片因爲思緒的震盪而得以再次浮出水面，碎片裡有黃昏下的小巷子，有街道兩邊斑駁的電線桿和低矮的樓房，有漆黑一片的地下停車庫，有學校後山和月色下的樹林，有掩映在林間的紅瓦拱庭，以及盤繞著白色石柱而上的爬山虎。這些畫面大概都是我小時候親眼所見，只不過因爲長久未見又或是視若無睹，而被我忽視乃至於慢慢忘卻了。如今在隨著人群沿街跑動的過程之中，我又再次回想起這些細節，奇妙之餘更有些不知名的感動。

自從我記事起，我就特別熱衷於到處閒逛。因爲沒有父母的管教（他們早早地過了世），外婆對我的要求又較爲寬鬆，所以我比同齡的孩子多了好些自由。在上小學之前（我上的是街道託管的學校），我就已經跑遍了學校附近的街道，又因爲記性好，所以捉迷藏一類的遊戲我十分拿手。因爲我總是贏，以至於後來我都不屑於玩捉迷藏了。當然放棄捉迷藏還有其他因素，一來我已經跑遍了這片區域的角角落落（包括小學那棟低矮的教學樓），任小伙伴們躲在哪裡我都能找到，而沒有絲毫挑戰難度的娛樂會讓我打不起精神；二來知道我在捉迷藏領域裡的絕對優勢後，其他小孩子就孤立我，不僅孤立我玩捉迷藏，還連帶孤立我從事其他的娛樂活動。這一來二去，我的童年除卻到處閒逛就再沒有什麼可玩的了。

警報過後的廣播聲迅速把我拉回了現實，一個低沉渾厚的男聲從空中傳來，他說政府正封鎖整條街道來抓捕革命黨人，請大家不要慌亂。從人們面部表情上來看，大家在聽到廣播時都有些吃驚，但好在廣播作了澄清，即之前的警報是有緣由的（並不是什麼天降大禍），人們因而逐漸鎮定下來並停止了跑動，在街上等候政府的下一步指示。方才我在混亂之中沒有功夫去仔細觀察，現在站定了環顧四周，才發現這條路上的行人可真不少，在我視線能及的兩個街角之間，密密麻麻站了好幾百人，人頭攢動之中，哪能分得清誰是革命黨人誰又不是呢？

我被擠在人群中央，遠遠看去，路的兩頭是穿著整齊劃一的紅衣太保，足有幾十人之多，他們披著紅色風衣，戴著紅色氈帽，正緩步向我們逼近，在紅衣太保身前還有一排匍匐在地上的白毛紅爪貓（顧名思義，即周身雪白唯有足部火紅的一種貓），這些小東西機敏得很，細長的白尾在身後優雅地擺動著，顯得毫不慌亂。我記得學校政治書本中有關於紅衣太保和其組織架構的介紹文字，但距我離開學校已經好多年過去，那些詳實的描述我早已記不太清。在這些年間，紅衣太保與我的生活並未有過交集，這並不奇怪，一個在行政上隸屬於機密部門的特權機關和一個小鞋匠又能有什麼關係呢？如果不是親眼所見，我可眞沒想過能在有生之年見到紅衣太保（我本以爲會由警察來搜捕革命黨人），但從另一方面來講，百聞不得一見的紅衣太保都出陣了，革命形勢似乎也已經到了劍拔弩張的地步。

我好奇地打量著逐步向我們逼近的白毛紅爪貓，很顯然，我從未在現實生活中見過這種貓，在書本的插圖中倒是見過幾次，我還記得這種貓好像的確有一個學名，但具體是什麼我已然忘記了。以前曾有人告訴我，爲了確保每個紅衣太保都配備一隻白毛紅爪貓，政府會特地去抓通體全白的幼貓，並在它們的足部塗抹礦石研磨出的紅色染料，除此之外，白毛紅爪貓和我們在街頭見到的所有貓一樣，並沒有什麼不同；也有人跟我說這種貓是實驗室裡批量生產的，擁有特殊的能力，而紅色的足部則是輻射後的印記。但關於白毛紅爪貓的事誰都說不準，至少我就分不清上述哪個推論才是眞的。

與從未見過紅衣太保和白毛紅爪貓一樣，現實生活中我也從未見過革命黨人，正因爲如此，我不心慌，也並不擔心自已會被牽扯到抓捕革命黨人的活動之中。此時此刻，一種堅信負彩已經到頭的感覺讓我很是心安，我倒反過來有些同情那些藏匿於人群之中的革命黨人，他們一定萬分忐忑卻又必須得裝出氣定神閒的模樣。這份掩飾讓我想起了自己，我偷老闆鞋子的時候一定也是這副模樣，當然那時我並沒有空閒去如此審視自己。

紅衣太保從道路兩頭緊逼過來，人群也向中間靠攏。我分明地看見有些手開始不乾淨起來，人挨著人的同時鹹豬手也挨著鹹豬手。起初，我覺得這些趁亂伸鹹豬手的人肯定不是革命黨人，因爲伸鹹豬手無非是貪圖屁股的手感，而與革命無關，但我轉念一想，或許伸手捏屁股是革命黨人的暗號也說不定，爲了評價的公正起見我還是不要早作判斷爲好。隨著人群越來越擁擠，我也不可避免地被捏了屁股，由於我自己並不是革命黨人，被捏了屁股就只有兩種可能的解釋：一是革命黨人在人群中無差別地捏屁股打暗號來尋找同伴，二是捏屁股並不是革命黨人的暗號。

一般來說，捏屁股需要施捏方和被捏方兩方共同參與，基於捏屁股的行爲是革命黨人打暗號這一前提，便不難推斷施捏方一定都是革命黨人（革命黨人既可以是施捏方也可以是被捏方，其他人則只能作爲被捏方），也意味著眼下我所能見到的所有鹹豬手都屬於革命黨人，這人數又未免有些太多，由此我天然地傾向於第二種可能，即捏屁股不是革命黨人的暗號。如此一想，我便有些難以自持的羞憤，因爲長這麼大我從沒有被人平白無故地捏過屁股，屁股雖不金貴，卻極爲隱秘，給人捏屁股本就讓我感到羞恥，而不經過我的同意更是讓我感到憤怒，我相信大家也都能理解這種情緒。

我怒瞪四周，想要找到那個伸咸豬手的人，但人們臉上都是困惑和無助的神色，顯然誰也不願意爲人潮洶湧之下的鹹豬手負責。在這種情形下，我也只能往好處想，或許自己的屁股具有某種特殊的手感，讓人忍不住想要捏上一把。這麼想著，我在自己的屁股上使勁掐了一下（此時我既是施捏者也是被捏者），並沒有特別的觸感，這反倒讓我遭受了更大的損失，如果我的屁股手感不錯，我或許會得到一種不足爲外人道的成就感，而眼下這成就感被我自己給剝奪了，因爲我的屁股並不特殊。

喇叭裡循環播報著規勸革命黨人投降一類的套話，由於陷入被無緣無故捏了屁股和認知到自己屁股並不特殊的雙重失落之中，我有些打不起精神，等回過神來，紅衣太保和白毛紅爪貓都已經來到人群前，距我只有幾米遠。第一次近距離觀察紅衣太保和白毛紅爪貓，我並不緊張，卻十分的興奮，這很好理解，因爲我堅信自己與革命黨人無關，而今天的負彩也已經到頭。

如果說白毛紅爪貓有什麼特別的地方，經我短暫的觀察，我覺得是它們能代替狗的功能。

這些小牲畜把鼻子緊緊地貼在地上，擺出一番嗅東西的姿態。儘管從生物學上來說這種貓學狗的做法並不值得借鑑，打個比方，如果一個做鞋的匠師（相比於生物，我肯定更懂鞋）非要裝出擁有製錶工匠才有的聽力，我肯定會覺得他是個騙子。按理說，貓生貓，狗生狗，耗子生老鼠，這才是常態。但在白毛紅爪貓跟前，我卻有種奇妙的感覺，即這些小貓咪當眞具有靈敏而不輸犬類的嗅覺。當然，如果你非要說我有這種感覺是因爲現在的時局不是常態，我也無法反駁，因爲白毛紅爪貓就這樣聞到了我的腳下。

短短一刻鐘，我先是被人沒緣由地摸了屁股，再又近距離見到了紅衣太保和白毛紅爪貓，現在我被一群白毛紅爪貓圍著，很是無措。人們一臉惶恐地看著我，我知道他們此時正在想什麼，無非是這個人是革命黨人，而革命黨人不是什麼好東西，要敬而遠之。我內心感到無比的冤枉，但沒人會相信我，因爲白毛紅爪貓正指認我們這裡有革命黨人，如果我不是革命黨人，那麼他們之中就必須有人是革命黨人。

人們對於自己是不是革命黨人的篤信在白毛紅爪貓跟前變得不再那麼堅定，這些小貓咪就像是無可爭議的權威和執掌法印的判官，它們有權挨個審查嫌犯，並決定這些人今後的命運。舉個略顯刻薄的例子，如果白毛紅爪貓認定人群中的一個人是革命黨人，那個人搞不好也會懷疑起自己到底是不是革命黨人。還好我對於自己不是革命黨人的篤信尚且比較堅定，不至於被這些小畜生的把戲擾亂了心智，但很快我也明白了，這一切都於事無補，不確定的危險（被白毛紅爪貓指認爲革命黨人）驅使其他人認定我是革命黨人，這樣一來，除了我，大家都暫時安全了。

我接受了其他人覺得我是革命黨人的想法，可讓我接受自己被白毛紅爪貓認爲是革命黨人卻並不容易。不同於其他人和我有著鮮明的利害關係（我是革命黨人的話他們就是清白的），這些小畜生與我沒有一絲利害關係，他們爲什麼非要「指認」我來作革命黨人呢？這個世界上沒有誰比我自己更清楚我並不是革命黨人，同時，我也並不以革命黨人這個身份感到激動和振奮。而在當下，如果我想要掙脫這個身份，就只有引開這些白毛紅爪貓，唯有這樣，這些小畜生才不會圍在我的周圍，並無聲地向紅衣太保們宣布我就是他們要逮捕的對象。

但這爲時已晚，一大批紅衣太保都向我圍攏過來，人群自動地閃到一邊留出供紅衣太保們通過的空間，大家都在焦急地等待著這一出鬧劇的結束。領頭的紅衣太保踱著步子走到我跟前，把我從上到下仔仔細細地端詳了一番。

二 小衙役

還沒等他開口，我先跪了下來。

「欽差大老爺饒命，小的不是革命黨人！」我聲淚俱下，使勁朝欽差大老爺磕頭。也許是我的膽怯做法顛覆了他們心中的革命黨人形象，也許是覺得我這人長得粗俗可鄙令人討厭，人們對我的行爲嗤之以鼻，因而人群中不時傳來陣陣噓聲。面對滿場的噓聲我倒並不感到羞恥，常言道好漢不吃眼前虧，更何況我又不以革命黨人自居，哪有必要顧慮革命黨人的形象？

我一邊這麼安慰自己，一邊繼續給欽差大老爺磕頭，由於跪下磕頭的力度稍大，我的半截辮子從腦後甩到了前方，正軟塌塌地蓋在欽差大老爺的靴子上。

「不是革命黨人，跪什麼跪？」欽差大老爺把我的辮子一腳踢開，朝跪在地上的我吐了口唾沫。我正忙著給欽差大老爺磕頭，哪有閒情搭理那落在肩頭的唾液？官差們見我絲毫不爲這羞辱所動，便在一旁譏笑我和所謂的革命黨人。說實話，我可不在乎這些人怎麼想，他們都是跑腿幹活的，只要欽差大老爺不刁難我，我今天就能順利回家。

待我回過神來仔細一想，便發覺欽差大老爺問得倒是很巧妙：既然我不是革命黨人，那爲什麼要下跪求饒？他的潛台詞其實很直接，即我是個毋庸置疑的革命黨人，因爲心虛所以要下跪求饒。當然，這種解讀正確與否就要見仁見智了，因爲面對欽差大老爺的提問，一個稍具理智的人都會作出如下三種反應中的一種：反抗，接受，或者不置可否。每一種反應所對應的形式有很多種，舉反抗爲例，我可以出言不遜，可以據理力爭，甚至可以捅欽差大老爺一刀也未爲不可（如果我有刀的話），不過這些都是相當激烈的做法，而我顯然沒有那麼多戾氣，只採取了委婉的方式去反抗（下跪喊冤）。這種溫和本應該得到提倡，但在欽差大老爺眼裡，我的反抗就顯得很不純粹，位於接受、不置可否、反抗三者之間的模糊地帶，屬於想討巧的類型，面對帶有這種惹人厭特性的嫌犯，自然就不能怪欽差大老爺他無情了。

針對欽差大老爺的發問，我能夠想到的唯一合乎邏輯的解釋，是我本能地想要下跪求饒來避免更大的災禍，如果身處此境的是其他不是革命黨人的普通人，他們的本能又是什麼，仰頭辯駁或者下跪求饒？這是一個很值得探討的話題，看樣子，無論他們做什麼都會將自己置於一個兩難的境地。我因此而十分苦惱，但我相信對此話題的思考也會讓欽差大老爺苦惱，所以我準備把我的所思所想向欽差大老爺匯報。不料事與願違，此時的欽差大老爺顯然並不指望我能給出令他滿意的答覆，因爲還未等我開口拋出這一讓人抓耳撓腮的悖論，我就已經被官差們套上了口枷，再五花大綁地丟進了囚車裡。

套上口枷我自然也就說不了話，好在這倒不妨礙我去探究自己中負彩的原因。躺在囚車裡，我逐漸冷靜下來，自己被當作革命黨人抓捕的事實已經覆水難收，而追究我被抓捕的原因，無外乎這三種：有人告密，我被人栽贓，或者官差們抓錯人了。我思來想去，還是覺得第三種可能性最大，原因很簡單：一，我並不是什麼革命黨人，所以即使有人告密也告不到我頭上來，更何況我並沒有什麼特殊秘密可言；二，我平時與人交好，幾乎從不得罪人，實在想不通有誰會無端地把髒水潑向我。第二種可能也讓我想起了兒時在村子裡的小巷中進行的捉迷藏活動，原則上我並沒有得罪過誰（時至今日，我依然認爲深諳小巷內的犄角旮旯不算是得罪人），充其量只是我技高一籌遭村中同齡孩子嫉妒罷了。顯然，以欽差大老爺的尊貴身份來看，他是絕不會嫉妒一個小鞋匠的；於是乎，也只剩下第三種可能了，即是官差們抓錯了人。

日常生活中的無故蒙冤都會讓人感到不適，遑論在特殊時期被誤作是革命黨人。想到這，我頓覺心中有些氣悶難平。我試著深呼了一口氣，然而被碗狀的榆木口枷罩在臉上，我連呼吸都感到十分困難。可別小瞧這口枷的作用，早些時候我聽人講起過，一些頗具煽動力的革命黨囚犯在抓捕當場會慷慨陳詞，藉這最後的機會來蠱惑民心，散播理念的種子，而口枷的設計就是爲了滅這些人的威風。一方面，戴著口枷，犯人們連呼吸都不通暢，自然也就無法滔滔不絕地陳述自己的觀點來妖言惑眾；另一方面，戴著碗狀的口枷，就跟長了豬鼻子一般，在犯人心中醞釀已久的那些嚴肅無比而又轟轟烈烈的感性熱浪，一旦與豬鼻子樣式的口枷相結合，便沒了感動人心的力道，意義與崇高自然也隨之瓦解。換句話來說，戴上口枷而義憤填膺的革命黨人，就好比被掏去睾丸的公豬仍孜孜不倦地憧憬著發情一般滑稽可笑。

不過這些統統與我無關，我本就沒有作演講的打算，因此戴上口枷的我也並不是一頭可憐的閹豬。被口枷剝奪了說話的權利後，我倒是在短時間內喪失了所有的表達欲，這大概與口枷設計者的初衷背道而馳。我想口枷的設計者一定會認爲，人在被剝奪了一種權利（說話的權利）後會極度渴望著找回這項權利，越是因爲熱望而不可得，越會演變成失控和歇斯底里。如此留下的滑稽而瘋狂的革命者形象，便正中官老爺們下懷——看吶，就是這些瘋子妄圖造反！

但那位口枷的設計者或許忽視了一點，並不是每個人都會因爲熱望不可得而變得歇斯底里，面對被剝奪的權利其實還有另一種應對態度，即是徹底地放下熱望，接受當下因失去而產生的下墜感，待下墜到墜無可墜之處，便能在最大程度上獲得當下處境之中的自由。我屬於後者。因爲戴上了口枷而不能說，我變得不想說，而因爲不想說，我又感到了一種莫名的輕鬆。

在囚車裡側身躺著的時候，初冬的陽光照得我周身一片溫暖，而透過囚車的木欄，我能看見街市上形形色色的路人，他們紛紛給欽差大老爺和他身後的官兵們讓路，行人們的好奇目光讓我覺得害羞，所以我只好半瞇著眼，假裝在打盹兒。

和我想像的不同，並沒有經歷煉獄般的酷刑拷問，我就被徑直地拖到了衙門。衙門坐落在街市的盡頭，黑瓦之下掛著隨風搖曳的四個大紅燈籠，正門兩旁的石獅因爲年久失修而斑駁落魄，其中一隻腳下踩著的石球不知何時被挖去了，這使得獅子的造型在猙獰中透出一股滑稽。縣令、主簿以及兩排留守的衙役早早地立在衙門前恭候欽差大老爺，跟隨欽差大老爺的衙役們把囚車停在大門口，四個大漢把我抬進了衙門大堂。

欽差大老爺對縣令一行畢恭畢敬的表現十分滿意，點著頭踱著步邁進了衙門大堂。欽差大老爺坐在庭審的主椅上，縣令和主簿從後堂搬來了兩把椅子坐在一側。升堂的時候，欽差大老爺沒有下令給我鬆綁。這樣的庭審本不合規，但欽差大老爺不下令，縣令和衙役們也不能擅作主張，我便只能側躺在衙門的青磚地板上無法動彈，嘴上還套著一副笨重的口枷。光是不卸口枷，我倒沒什麼好抱怨的，畢竟受制於人的時候用到嘴的機會並不多，但既然是升堂審問，我理應有權利為自己辯護，開不了口，我自然也就辯護不起來。

「肅靜！」欽差大老爺拍下了驚堂木。堂裡本就很安靜，這一拍倒是驚動了在木柱與緣樑上休息的蜘蛛，晃動的蛛網讓這可憐的小傢伙無所適從。

「大膽刁民，你可是革命黨人？」欽差大老爺刻意提高了音量拖長了尾音。在空蕩的衙門大廳裡，那漸弱的餘音彷彿有人隔著幽谷在喊話。

我覺得欽差大老爺的這個問題很沒有水平，不如他之前關於下跪求饒和革命黨人辯證關係的提問有深度。因為這個問題很好回答，答案只有是或者不是。一個好的提問總是會留給回答者思考的空間，而我根本不是革命黨人，這一點並不需要思考，所以我搖了搖頭。

「既然是革命黨人，你可有什麼要辯護的？」欽差大老爺見我搖頭後十分滿意，便繼續發問。

欽差大老爺全然不顧我的否定，而執意認為我是革命黨人，這讓我感到十分費解和沮喪。

我當然要辯護了，所以我使勁地點了點頭。

「好！」欽差大老爺又拍了一下驚堂木，「既然沒什麼好陳述的，來人，拖去午門斬了！退堂！」

縣令和主簿微笑著從木椅上起身，引著欽差大老爺去後堂休息。衙役們一個個喊著「威武」並手拿長木棍敲擊青磚地板以示退堂。在我身邊只有一個年紀不大的衙役沒有參與其中，他緊緊地握著自己的木棍，而沒有拿它敲擊地面發出聲響。在我看來，這位小衙役的做法正傳達出他對我的同情，對於此時躺在地上不得動彈的我來說，這意味著很多。官大人們退堂之後，這個沒敲木棍的小衙役和另一個肥胖的衙役把我從青磚地板上扶起來，並將我的腳銬鬆開。他們把我押回先前停在大門口的囚車裡，那個小衙役打開了囚車之上的合口，叫我從合口處探出上半身。由於戴著口枷的緣故，我只能用肢體語言向他示意這合口太小了，小衙役倒也不嫌麻煩，在囚車前給我示範怎樣側身從合口處探出上半身。經他一指點我很快就掌握了竅門，站起身之後那個肥胖的衙役立即把我的腳銬鎖在木欄上，這樣我便無法從囚車裡脫身溜走。看樣子他們是要押我去遊街。

站在木質囚籠裡的時候，我恍然大悟，在衙門裡我按照自己所在的坐標系搖頭和點頭，如果你還記得，我當時被五花大綁，只能側躺在衙門大堂裡的地磚上，所以我和欽差大老爺的坐標系在本質上是不同的：我以我的坐標系搖頭（垂直於地面），換成欽差大老爺的坐標系，我的頭部其實在做垂直移動，所以對於欽差大老爺來說，我是在點頭；我以我的坐標系點頭（水平於地面），對於欽差大老爺來說，就是在搖頭。所以當時欽差大老爺問我是不是革命黨人，看到了我點頭；問我有沒有什麼要辯護，又看到了我搖頭。想到這，我覺得事到如今並不能責怪欽差大老爺，他給了我辯護的權利（點頭和搖頭的機會），要怪就只能怪我們的坐標係不同。

現在我已經不覺得這是負彩了，我更喜歡稱之爲奇遇。遊街之時，路人們看我的眼神讓我有些不好意思，因爲他們都覺得我是革命黨人，革命黨人就應該生得光榮死得偉大，此時應該是一副無所畏懼的凌然神情，然而我一副無精打采的模樣，絲毫沒有因爲戴著口枷不能高呼口號而義憤填膺。我鎮定而好奇地環顧四周（立在囚籠裡視線尤爲好），路人們一臉狐疑地看著我，眼神中既有不解也有輕蔑。然而，我們這裡的傳統以扔蘿蔔和白菜這些便宜的食材爲恥，尤其是遇到革命黨人遊街這種立意偉大的場景，因此，路人們雖然不願意，但也只能朝我這個不具資格的革命黨囚犯丟擲雞蛋。雞蛋炸裂後的蛋清和蛋黃順著我的褲襠滴落在腳下，蒼蠅們顯然對這種暴殄天物的作法很是憤怒，它們聚集在我四周，愉快地吮吸著蛋清和蛋黃，絲毫不顧及我的感受。

如果你沒記錯，欽差大老爺的判詞十分清晰明了：拖去午門斬了。誰也不能質疑欽差大老爺，即使午門在距此地千里之外的北平。這不僅源於我們這個地方沒有比欽差大老爺更大的官兒，還源於一個小說的美學執念。事情的發展和經過一定是有邏輯的，說好了是午門，如果不去午門斬首，就破壞了故事的完整和美好。因此，遊街過後的小衙役只好拖著載我的囚車動身去往千里之外的北平。爲什麼不是那個肥胖的衙役去執行這項艱苦的任務，或是兩個衙役一起押送我去北平？小衙役不說，我戴著口枷也不好去問。

出城沒多久，小衙役便把我的口枷給卸了下來，他也需要在漫漫長路上有個談話的伙伴，這一點我並非不知情，但我仍爲此由衷地感謝小衙役，因爲我那說話的慾望並未全然消失，去往北平的路途如此遙遠，一路上如果都不能說話，準會把我憋死。

在談話中我了解到，小衙役之所以不在退堂時用木棍敲擊地板，是因爲他的那根木棍是折的，年長的衙役們把好的木棍都挑走了，唯一剩下的木棍中間豁了個大口子，稍一用力就得斷成兩截。聽小衙役說完緣由，我有些不是滋味，倒不是因爲知曉了他的本意並非聲援我，而是覺出了「人人平等」在哪都只是一句口號，這自然讓我有些失落。顯而易見的，小衙役和我都處在被壓迫的陣營裡。一個衙役選一根完好的木棍的自由都沒有，此刻我一個被判了刑的犯人還能奢求什麼呢？因此，我對小衙役沒有一絲怨念，北平還遠，至少我還有人可以說說話。

起初的幾天我們在路途中無話不談。小衙役問我爲什麼選擇加入革命黨，當時我還不好意思告訴他自己並不是革命黨人（即使說了他也不見得會信），便只好對小衙役說自己加入革命黨是出於一種崇高的使命感。他問我那崇高的使命感是什麼。因爲我不是革命黨人，也並不具備崇高的使命感，所以我只能硬著頭皮去闡釋我所想像的那種使命感（好在並不難以想像），我對他說，大概是肩負著一種信念，要爲大家創造出一個更美好的生活。

「那更美好的生活究竟是什麼樣的？」小衙役走在馬匹的一側，他仰頭看著坐在囚籠裡的我，顯得有些不解。

我一時語塞，竟不知如何應答。沉思了半晌之後，我對小衙役說，更美好的生活裡大概沒有壓迫和欺凌，就好比派發給弱小者的木棍不會是折的，人與人之間的關係友愛而平等，大家既能得到自己份內的獎賞，又不會平白無故地遭受莫須有的懲罰。望著小衙役的瘦弱身軀，再聯想到自己的淒慘處境，我竟有些悲從中來，因爲此刻我眞切地希望自己是個革命黨人，能夠肩負著一個美好的願景去身體力行地改變這個世界，或者懷揣著崇高的理想在絕命之路上平靜而篤定，而不是像現在這樣畏縮在囚籠裡，爲一個不曾堅信的幻想稀里糊塗地搭上性命。

小衙役聽完我的話，若有所思，進而漸漸停下了腳步，馬兒也在他身旁識趣地不再前進。初冬的晚風呼呼地吹著，路旁蕭瑟的枯木因而簌簌作響，像聲帶乾癟的老婦人在低語。小衙役對我說，我向他描述的那個世界眞好，他很想就此放了我。

「萬萬不能放了我！」我聽小衙役說要放了我，竟不由自主地感到惶恐。按常理來說不應該，因爲我深知自己不是革命黨人，去北平的這趟旅程完全是在遭受無妄之災。但令人奇怪的是，在經歷了升堂遊街，以及和小衙役朝夕相處了數日之後，我竟然不自覺地認同起自己革命黨人的身份，有了我不入地獄誰入地獄的透徹覺悟。這聽起來很滑稽可笑，但革命以及革命背後的那些美好允諾，難道不值得人們爲之赴湯蹈火嗎？在我看來，更美好的生活或許並不只是一句口號，它是如此的迷人，像一朵在峭壁之間綻放的紅色杜鵑。世人都知道，爲了採摘這朵危險而美麗的杜鵑很可能要付出生命的代價，但總有人因爲對美的嚮往（無論那嚮往的美是眞摯的亦或是虛假的）而無法抑制地想要攀到那峭壁之上去試一試。

小衙役見我反應激烈，他噗哧一笑，說自己只是開了個玩笑，說完他還略帶歉意地表示自己只是在履行職責，把我押送到北平要比那個美好的世界對他來說更爲重要，因爲如果他失責了，按本朝律例來判，被斬首的就是他而不是我了。小衙役說他還小，老婆還沒有討到，還不想死。說完他還希望得到我的諒解，因爲雖然我們還不夠熟，但他也不希望我死。

小衙役把我從革命的美好想像之中拉了回來，在晚風的吹拂之下，我倍感涼意，如果此時的天空中飄起鵝毛大雪，我一定會有種英雄末路的滄桑感。但話說回來，我這個囚籠裡的英雄屬實窩囊，除了在顛簸的土路上幻想著革命帶來的激情，和與之相伴的，所謂更美好的生活，我甚至不認識一個眞正的革命黨人。那些被律法判作我同僚的末路人啊，我們究竟有幾分相似？

自打踏上午門斬首之路起，革命、革命黨人，以及革命之後的世界，這三者與我來說，無論是哪一個，都能激起我的惆悵感懷。它們之於我來說，是同一個符號，象徵著對我曾經遭遇的絕對否定（舊世界如此不堪），象徵著對我現在遭遇的絕對同情（隱忍是爲了崇高），也象徵著對我即將遭遇的絕對肯定（未來一定會更好）。它們是屬於我的三位一體，離了這三位一體的信念，我便沒法去面對不久之後的午門斬首。

小衙役見我許久沒有作聲，有些不好意思，他從馬鞍處摸出了一點兒乾糧和水，遞給了我，自己便側身跨上了馬匹。遠處將暗而未暗的天空中飄著殷紅的落霞，在此刻顯得無比絢爛美麗，畢竟天還沒有完全黑下來，北平仍在千里之外，我這麼安慰著自己，倒也能漸漸緩過神來。

天黑之前，小衙役都會尋一間驛站過夜。有衙門的公文，驛站老闆只能擇日向當地的衙門討賬。小衙役起初還會有些不好意思，想要賒賬給店老闆。幾次三番過後，他倒也見怪不怪，給驛站老闆看了公文之後，就裝起了大爺。我寄居在與馬廄一欄之隔的囚房裡，和載著囚車徒步千里的馬兒同眠。

三　我的少年時代

日子久了，牢牆內的小草也會開花。這句話要是擱在早些年和我說，我可不相信會有這樣的事情發生。但耳聽不如眼見，今天早晨從囚室的床鋪上醒來，我發現面前這株孤零零的小草已在昨夜開了花。作爲這頑強生命力的唯一見證者，我感到欣慰的同時也有些困惑，因爲自己這些天的小解都在牢房的那個角落裡，就正對著這株小草，按理說，它應該早被我的尿給燒死了，但這株小草卻開出了花，彷彿是我的尿液給它提供了養分一般。這與我的常識有所違背，但並不妨礙我去體會一種與有榮焉的奇蹟感。望著這株小草（亦或是小花），我忽的想起，自我被紅衣太保從大街上羈押算起，已經過去了許多天。密閉空間裡，人的時間感總是很差，所以每過一天，我就用指甲在牆上給「正」字添一筆，現在這堵牆上已經有了三個歪歪扭扭的「正」字。鋃鐺入獄的日子裡我過得渾渾噩噩，但在眼睛一閉一合之間，我認爲已經落難的草籽就這樣突兀地開出了花。

我用渾渾噩噩來形容自己現在的狀態，因爲我除了渾渾噩噩的確無事可做。造成我這種狀態的原因有三個：首先，我並不是革命黨人，被莫須有的罪名逮捕讓我感到無比迷茫；其次，沒有人相信我不是革命黨人，被紅衣太保審問時我感到十分無助；最後，牢房裡的伙食不管飽，所以我一直很餓。幾天前，紅衣太保們在審訊室裡一邊抽著皮鞭，一邊威脅我，說如果我再供不出其他革命黨人（雖然這很滑稽可笑，因爲我供不出同僚的事實顯然已經板上釘釘），他們就會對我行刑。我問是什麼刑，一胖一瘦的兩個紅衣太保卻並沒有正面回答，他們只是懷笑著說，可要比抽鞭子厲害的多。之後的幾天，我都因爲他們要對我行厲害的刑而坐立難安。

回想剛進監獄的頭幾天，審訊還要更爲頻繁，我幾乎睡不好覺，每隔兩三個鐘頭（依我的生物鐘估算），我就會被帶到一間密閉的審訊室，面對刺眼的聚光燈，紅衣太保們問什麼我就答什麼，如果答得不好了還要挨鞭子。作爲用來刑訊逼供的工具，這種鞭子的質地非常特殊，抽得人生疼的同時卻又能不破皮。如此一來，即使挨鞭子的人能夠全身而退，沒有諸如鞭痕傷口一類的證據，外人也很難相信紅衣太保們仍在刑訊逼供的醜陋事實。後來我在監獄裡聽說，這種「無痕鞭」僅僅是最初級的工具，只能給人帶來短暫的皮肉痛，像是電刑水刑一類的酷刑，在肉體折磨之餘還能給犯人帶來不小的精神創傷。

好在後來他們審訊我的頻率降低了很多，轉爲一天一次審問，審訊從最初的革命黨相關話題延伸到了父母親朋乃至是小學班主任，事無鉅細的程度讓我覺得有些匪夷所思。但由於蔓茉莉被燒而導致的檔案資料不全，紅衣太保們難以分辨供詞中的眞假，只好依據各自的經驗判斷虛實。這導致了審訊過程中沒有客觀的評定標準，兩個紅衣太保時常會對我的供詞生出不同的主觀見解。舉個例子，在盤問過往房東信息的時候，一個紅衣太保覺得我撒了謊（我的確撒了謊），而另一個紅衣太保覺得我沒必要在這種問題上撒謊，他們兩人爲此低聲爭執了起來，直到我向他們坦誠自己的確漫不經心地撒了謊，那個先前相信我的紅衣太保方才偃旗息鼓，隨後他氣不打一處來，惡狠狠地拿鞭子抽了我一頓。這讓我覺得十分委屈，他相不相信我，與我說不說謊，本是兩件風馬牛不相及的事，因爲自己的期待落空而要對他人行暴力之事，可眞叫人不齒，遑論我選擇坦白還是出於一片好心（因爲不想見他們二人爲此喋喋不休地爭論而傷了和氣）。在那之後，我顯然是有了長進，如今面對紅衣太保們的內部矛盾，我已經可以做到一言不發，即使這爭論因我而起，我也能夠去除良心上的不安，畢竟又有誰喜歡挨鞭子呢？

在十五天的密集審訊之中，除開紅衣太保，獄卒們給我留下的印象也十分不好。通常來說，一個囚犯被羈押在監獄裡總會有些親朋好友來探監，而來者一般都會隨手塞點錢給獄卒，再不濟也會送幾包煙，這幾乎已是監獄內不成文的規矩。但由於我是高危政治犯，法律上禁止探監，分管我的獄卒們因而撈不到任何油水。這些天，獄卒們沒給我一點好臉色，像趕牲畜一般對我厲聲呵斥，或是推擠著押我去審訊室，又或是把本就不多的囚飯倒掉一半再遞進來給我吃。總之他們用各種法子拿我出氣，在最開始的幾天，這些舉動曾一度讓我感到分外受傷，那時我還未明白自己與這些獄卒之間的利害衝突（我當然早就明白自己與紅衣太保們的利害衝突）。其實當我明白了這些利益糾紛之後，獄卒們的惡舉在我眼裡也不再那麼無緣無故而讓人捉摸不透了，畢竟他們的灰色收入的確是因我而減少了，對此他們也無能爲力，要嘛去埋怨自己命不好（抽到了看管我的爛差事），要嘛也只能拿我撒氣（誰叫我好人不做非要當革命黨人被抓進來）。顯然後者較爲解乏，而我也可以在某種程度上理解他們的無名怨氣。

不過這些獄卒們一定想不到，即使我只是個普通囚犯而不是革命黨人，也絕不會有人來探監並給他們送禮，因爲我一無血親在世，二無摯友比鄰。一般的點頭之交我倒是有不少，但在這動亂的節骨眼上，大家都已作鳥獸散，我只求他們別在背後煽風點火添油加醋就好（如果他們知道我入獄了的話）。說道沒有血親在世，我自己也委實無奈。我從未見過父母，自小是外婆拉扯我長大。自我記事起，一直到外婆離世，我們祖孫倆就住在城西的一個老巷子裡。平日裡從未有竄門的親戚，這一度讓我懷疑，自己和這個拉扯我長大的老婆子之間究竟有沒有血緣關係。

我小時候很調皮，但不同於一般小孩子的胡亂打鬧，我的調皮應該算是其中比較有格調的一種，除了一個人四處閒逛並將附近街角旮旯的位置稔熟於心（因而被玩捉迷藏的小伙伴們排擠），我還喜歡鑽研搗鼓一些小發明。在尚沒有數理基礎的童年時代，作爲一位頗有名氣的小發明家，我常以自己的小發明爲大家解決生活中的痛點。比方說，我們小時候寫作業，老師要求大家在白紙上畫四線格，並且每個字母都要工整地寫在四線格內。有句話說得好，一切重複的勞動都可以用工具來替代，所以我就用尺子和四根鉛筆並排固定成了一個自動畫四線格的工具。

別看這個小工具簡單，別人畫一行的時間我已經畫好了四行；這個工具還可以擴展，只要安排好行間距，有足夠的鉛筆，夠長的尺子，就可以做到別人畫一行，我畫一面紙。當然，一面紙就是這個工具的極限了。以此看來，工具並不能代替所有的重複勞動，相對於每一頁紙，我還是在做重複勞動，不過效率卻大大提升了（當然是相對於每一行來說）。這樣一來，我花在作業上的時間就大幅度減少，留給自己的時間也就相應地大幅度增多。老師知道了當然很不開心，不僅因爲知道我不學無術，還因爲我畫的線太直太平行，不自然。不自然這個詞用得很好，因爲這會讓人覺得畫這些線的我是個怪胎（自然裡的一切都是和諧的）。我打心底裡不覺得自己是怪胎，所以我也不在意老師怎麼看待我。

老師之所以是老師，就在於他有請家長的權利，但是沒有說實話的義務。沒過幾天，我的老師就把外婆喊到學校去，讓我在一邊罰站的同時聽他們大人之間的談話，說些什麼我的做法影響了班風，讓投機取巧的風氣大行其道之類的話。這顯然是極不準確的謊話。因爲一方面，我的四線格小發明可以把同學們從枯燥乏味的機械運動中解放出來，這應該是積極的，不該用「投機取巧」之類的貶義詞去形容。另一方面來說，打仗的時候有戰友情，讀書的時候有同學情，我和我的同學們雖然沒有一同出生入死的戰友情，卻有一同浪費時間畫四線格的同學情，出生入死和浪費時間畫四線格有一個共通之處，就是這兩者都會讓當事人產生一種身不由己的悲愴感，而這種情感並不會影響班風，因爲悲愴總是深沉的，和投機取巧沒有絲毫關係。如此一來，影響班風的大概是浪費時間畫四線格這件事，佈置任務的老師顯然不願意承擔影響班風的罪責，便只好拿我來頂包。

末了，老師將外婆和我送到辦公室門口，握著外婆的手，並囑咐了一些話，具體的內容我現在已經記不太清了，大意就是些讓我以後不准再用自己的小發明畫四線格，而要用最普通的方法一行一行地畫之類的說辭。外婆滿口附和著。臨回家前她在巷子口的小攤上買了一盒水果味的巧克力糖，我以爲她會拿這個討人厭的零食來換取我的小發明，所以一進家門我就不怎麼搭理她。但外婆拉著我坐在窗前，把巧克力糖放在了我的手心裡，並沒有要我交出四線格小發明。

雖然外婆沒有跟我挑明她對四線格小發明的喜愛，但我能感覺得到，不然我不會無緣無故地吃到巧克力糖。還有一點也可以讓我看出外婆喜歡我的四線格小發明，被老師喊到學校以後，外婆總在我寫作業的時候叮囑我道：線兒稍微畫歪一點，別給老師逮到！於是我只好修改我的四線格小發明：我在尺子上刻了好些個凹槽（相當於是增加了行間距可調的模塊），再把鉛筆綁得晃晃悠悠的，來增加路徑的隨機性。這樣一來，老師再也沒有找過我的麻煩，因爲我的四線格與其他同學所畫的並無二般，都是歪歪扭扭的，不平行，但很自然。我說這個故事主要是想說明自己從小就知道並且成功實踐過「上有政策，下有對策」（當然是在外婆的庇護下），雖然眼下並無可能，但以後興許是個當官的好料。

外婆對我的小發明有著鮮明的喜好。比方說，上面提到的四線格小發明就屬於她喜歡的那一類。還有一類她就不喜歡。我曾用彈簧、硬紙板和發條搗鼓過一個會跳會叫的機械小青蛙，外婆覺得既然是個青蛙卻又不能吃蚊子，屬於「有名無實」，她自然就不喜歡。對待她不喜歡的小發明，外婆的做法是先將這些小東西收起來再擇日偷偷銷毀。這個方法很巧，等我哪天想要把玩一下小發明的時候就會發現它不聲不響地消失了。我通常會翻箱倒櫃折騰一會兒，累完了倒也就慢慢把自己發明過這個小東西的事情給忘了。至於我爲何到現在還記得那個不吃蚊子的機械小青蛙，我也不知道，歸咎於記憶的隨機本質雖然聽起來荒唐，但確是事實。我後來想，外婆是個實用主義者，這也就不難理解她爲什麼喜歡我的四線格小工具卻不喜歡機械小青蛙了。因爲在外婆看來，四線格工具可以節省我做功課的時間，屬於有用的範疇，而會叫會跳的機械青蛙吃不了蚊子，屬於沒用的範疇，這兩者的界限在外婆那裡是涇渭分明而不容置疑的。

在我的記憶裡，外婆總是圍著一條綠色的尼龍圍巾，她的個頭不高，後背多少有些佝僂，搭到耳邊的銀髮如同蠶絲般光滑，風一吹還會像湖面波紋似的輕輕擺動。外婆的話不多，但從言談舉止中透露出一股因篤定而生的溫柔和慈祥。家裡家外被外婆收拾得井井有條，雖然不知道她的確切年紀，但外婆的身手極爲敏捷，上下樓和日常家務之中從未顯出過多的老態。她在我還未記事以前就退了休，每月領著政府發的退休金，省著點用倒也夠我們祖孫倆的日常開銷。除了必要的買菜做飯，外婆總愛戴著副老花眼鏡，在窗台前藉著光亮織毛衣，光線充足的時候她會靠在自己的躺椅上，織得久了免不了犯睏打瞌睡；黃昏來臨而光亮不夠的時候，她又會起身倚靠在窗前，瞇縫著眼，好藉著微光引針頭在線團間遊走。

小時候的我被外婆織毛衣時所獨有的靜謐氛圍所吸引，以至於在很長一段時間內，我都爲此著迷。外婆有一雙靈巧的老手，手背上褶皺分明，青筋微微隆起，指甲蓋宛如風化的乾燥貝殼。她在穿針引線的過程中極爲專注，時常忽略了在一旁觀察的我，而我從不打擾外婆，除非看到外婆因爲找不到針眼，而用嘴抿著線頭想將其搓捏得更細一些，這時我便會自告奮勇地幫她穿針眼。外婆很樂意由我替她穿線頭，事後她總是很高興地摸著我的腦袋說：小東西的眼睛就是好。因爲得到了外婆的認可，我也十分滿足。在好奇和興趣的驅使下，我自然慢慢學會了織毛衣和縫補衣物。外婆去世後，我憑著熟稔針線活得以去鞋店裡作學徒，這才有了之後可供糊口的製鞋手藝。

自我記事起，外婆和我就住在城西的一條老巷子裡，巷子的兩邊都是些三層樓高的低矮民宅，因爲年久失修，白色磚漆幾近剝落，露出灰色水泥的質地。即使在白天，民宅的樓道裡也是昏暗一片，每次拐進狹長而蜿蜒的老巷子，我總得穿過好幾十棟民宅才能到家，黑漆漆的樓道口時刻向外敞開，像是深不可測的洞穴般誘惑著過路的勇士一探究竟。到了能自由活動的年紀，我經常隨性而起，由這些樓道口進入巷子裡的陌生民宅，並沿著樓梯一路爬至樓頂。在爬樓的過程中，我會留意住戶門口的擺設，進而推測出這家人的大致情況，無聊時我常以此爲樂。比方說，有些人家會把鞋櫃放在門外，這種情況下，僅憑鞋碼的大小我就可以得出八九不離十的人數估計。除鞋櫃的擺置之外，每層樓梯的拐角處都堆積著滿是蛛網的閒置物品，從花盆到孩子玩的滑板車，從摔得豁口的木桶到缺了後跟的舊皮鞋，這些破銅爛鐵幾乎未有重樣，以至於我可以拿它們給樓房編號。直到如今我仍記得，從巷子東邊的入口走五十米，左邊那棟民宅是「棋盤」（有摔得半裂的棋盤），右邊則是「麻袋」（有滿是破洞的粗麻袋。徹底搬離老巷子的那天清晨，我仔仔細細地跑遍了巷子裡的幾十棟樓房，才發現這些樓梯角落裡的破銅爛鐵似乎未曾變換過，它們伴隨著我的整個少年時代，如同水和空氣一般親切。

每棟民宅的頂層都是天台，由樓梯通往天台的門閘大多被上鏽的鐵鍊鎖著，以免有人誤闖而造成安全事故，但也有一些鐵鍊僅是象徵性地擺設，只饒了幾圈而沒有合上。露天的平台之上鋪設著政府爲了節約能源而大力推廣的太陽能熱水器和纏繞其間的供暖水管，在天台的東南側建有一塊半米高的水泥堡壘，樹立其上的一小截避雷針會迎著微風輕輕顫動。由於平日裡對小巷和周圍的不懈探索，對於哪些天台的門閘沒上鎖，我早已諳熟於心。放學歸來的傍晚，我常會隨著心情起落，選一個沒上鎖的天台，偷偷打開門閘上的鐵鍊，再爬到水泥堡壘上曲腿而坐。因爲沒有足夠的空間，我只好把書包掛在避雷針上，直到多年後的今天，我依然能夠回憶起避雷針因承重而發出的嗡嗡聲響。

在我小時候，城西的老舊建築還很多，深巷裡不乏一層樓高的磚瓦民宅，因而天氣好的時候，坐在天台的水泥堡壘上環顧四周，我甚至能夠隱約看到學校北邊的綠茵操場，和極遠處高大宏偉的少年宮。等太陽西沉而夜幕尚未降臨的那段時間，天空會泛出五彩寶石般的光澤，此時的月亮和星辰尚且隱匿在一層薄薄的流雲背後，還不甚起眼。勞作一天的大人們回到家中，在臨窗的廚房裡爲晚餐做著準備，小孩子們趴在窗台前托著腮幫子寫作業，我的外婆那時大概早已備好了晚飯，正倚在窗邊藉著微弱的光亮織著毛衣，並尋思著爲什麼這麼晚我還沒回家。

天色漸暗之後，遙遠的城市幹道之間有許多星星點點的車流在其中穿梭，碩大無朋的渡輪隨著汽笛劃破夜空而緩緩泊入港口，如同紡錘的電視塔台會間隔有序地閃爍著紅黃交替的指示燈。在夜色之下，遠處目所能及的景物不斷地變幻著，自主有序到任何人都無法插手其間，而近處巷子裡的人家華燈初上，顯得煙火氣十足。置身於空曠而溫柔的夜幕之下，我常會陷入一種隱秘的孤獨與欣慰之中。跟後來在鞋店裡八面玲瓏的我不同，少年時代的我十分沉默寡言，面對老師的批評和同學間的欺凌，我通常都不予爭辯，那時我有一個自己的精神世界，天台之上的半米高台便是我進入那個世界的入口。在我的世界裡，銀河是一望無際的藍色海洋，繁星與明月點綴其間，我想像著自己正置身於一個色彩斑斕的巨大氣泡裡，在夜風的吹拂下漫無目的地漂浮在海面之上，煩惱和憂愁被波濤遺落，無聲的潮汐將我推往大海的中央。

聽到由渡輪傳來的第五聲汽笛後，無論天黑與否我都會和天台上的那個世界暫時告別，並一路小跑著回到家中。外婆大概早就知道我放學並不晚，也大概早就猜到我沒有回家一定是在外面做些什麼，但她沒問，我也就什麼都沒說。直到外婆過世後的很多年，我才逐漸明白自己和外婆大概是同一種人，我們都有屬於自己的精神世界，在默不作聲中尊重著對方的生活，卻又在某種程度上彼此隔絕。

如今我仍隱約記得，在我少年時代的尾聲，曾出現過一個女人，因爲一次無意的窺探，她撥動了我的心弦，闖進我的心裡，自此便以某種形式留存下來，再沒有離開過。那是一個初夏的傍晚，天還未黑，我在小巷盡頭的一個天台上，正把玩著前幾日搗鼓出的紙質小發明，一輛停在大路邊的計程車出現在我的視野之中，從車裡下來了一個美麗的年輕女人，她身材高挑，薄衫輕袖，戴著一頂白色的鑲邊大檐帽。

她匆匆忙忙地拐進巷子裡，像是要去見什麼人。小巷裡狹縫般的天空一定在某種程度上讓她感到局促不安，一棟接著一棟的三層民宅對於不熟悉的人來說好似永遠沒有盡頭，她顯得有些慌張，抬起頭四下環顧，但她腳步不停，依舊輕盈而優美，彷彿一隻靈巧的雪貂在林間穿梭。

我在天台上看著她，一種別樣的感覺自心底升起，在確信她沒有看見我之後，我以最快的速度跑下了樓，悄無聲息地尾隨在她身後。我以黑洞洞的樓道口作掩護，從一棟民宅到另一棟，躡手躡腳，生怕驚擾了她。黃昏下的燈影婆娑讓她有些警覺，她不住地回頭查看，但她看不見我，因爲每次她回頭查看的時候我都隱在一片漆黑的樓道裡。

不久之後，她終於拐進了一個樓道口。在聽到關門聲的一剎那，我難以抑制地悵然若失，但我沒有徹底死心，旋即一貓腰鑽進了那棟自己在閒暇時曾多次造訪的民宅。即使從未聽過那個女人說話，一種奇特的宿命感仍舊驅使著我相信她的聲音理應如風鈴般清澈而通透。三層樓，共有六戶人家，我屏氣凝神地爬著台階，在每戶門口駐足停留。我側耳旁聽，想要找尋與那個女人有關的聲響，但一切都只是徒勞，女人們的聲音隱沒在炊具碰撞而組成的和弦之中，我再也分辨不清。

此後的幾天，彌留在我心中的莫名情愫並未完全消退。放學後，我爬上臨近那棟民宅的天台，坐在東南側的水泥堡壘上，看著男人女人們從樓道口進出，我的精神高度緊張，生怕遺漏了任何蛛絲馬跡。人們在傍晚打開房間裡的白熾燈，藉著光亮，透過臨街的防盜玻璃窗，我可以清晰地觀察到屋內的住戶，並期待著那個年輕女人會在他們之中出現。我在心裡想過無數種可能，那個女人或許是來探親暫住，或許是才搬來不久，又或是與朋友約談，與戀人幽會。但這些猜想無一得以證實，因為自從那短暫的一面之緣後，她便如同人間蒸發般踪跡全無。

我不自覺地陷入到一種癡狂之中，整日魂不守舍，這樣的情形一連持續了幾週，讓我身心俱疲。於是在一個沒有蟬鳴的清晨，我打定了主意，決心不再去尋找那個年輕女人。我嘗試著說服自己，夏日天台上的所見只是一個幻影，亦或是一場夢，自己不該再繼續這滑稽可笑的追尋，而應該更加關注眼前和當下的生活。

做出這個看似艱難的決定之後，雖然孤獨感和對那個女人的念想仍舊時時襲來，但好在我不用依賴天台上的小世界和樓頂晚風的溫存，每天忙忙碌碌的將自己的精力揮霍在學業和小發明之上，我的心情倒是好了很多。我以為這種平靜的狀態將持續很長一段時間，可沒過多久外婆便因燒傷而離世，我的少年時代也就此落下了帷幕。

搬離小巷子的前一天，我不得不在政府的監督之下收拾外婆的遺物。臥室的角落裡擺放著外婆的小鐵箱子，箱子裡有一沓賬本，還有諸如珍珠項鍊、銀質手環、綠寶石耳墜一類的首飾掛件，在我印象中，外婆從未穿戴過它們。這些可憐的首飾掛件連同這間破敗的屋子被政府一併徵收，不久後便會經由當鋪拍賣再度流入市場。箱子的底部壓著一張已經泛黃的彩色相片，趁人不注意的時候，我將這張照片收了起來。

照片裡有一個穿著白色衣裙的年輕女人，她輕柔地依靠在山間小路的欄杆旁，遠處的落霞映紅了整片天空。右下角的黃色阿拉伯數字記錄了照片的拍攝時間，由此我確信那女人就是我母親。她的容貌與我在夏日天台上所見的年輕女人十分相似，周身散發出一股柔和的光。此前我從未見過自己的父母，外婆也不曾和我提起，以至於直到正式上學前，我都覺得由外婆和我組成的兩口之家十分稀鬆平常，上學後我也曾爲此問過外婆，但每次外婆都擺擺手，說我的父母早就過了世，而她是我唯一的監護人。正因爲如此，這張母親的相片在我看來十分重要，它隱秘地聯結著當下的我和先於我的那部分過去，如同一把鑰匙，時刻提醒著我去尋找屬於自己的那扇門並嘗試撥開門後的迷霧。外婆過世之後，我又陸陸續續搬了好幾次家，正是出於這些原因，我才一直將這張照片帶在身邊。

如今在這逼仄而不見天日的囚室裡，我早已分不清多年前的那個夏日傍晚，自己是否當眞見到了一個在昏黃燈影下匆匆趕路的美麗女人，她擁有與我母親年輕時相似的面容，出於不知名的原因來到我和外婆久住的小巷之中，又如精靈般鑽入了一戶人家，並至此從我的生活裡徹底消失。因此而激起的漣漪迴盪了數月之久，但那落水的小石子卻早已消失得無影無蹤。

自我的少年時代結束已經過去了許多年，夏日小巷中的那個女人與相片裡的母親形像早已融爲一體，她們在我的記憶之中互爲彼此，不再有分別。這兩個女人在我心中永遠不會老去，不像我那可憐可敬的外婆，除去因燒傷而皮膚開裂的最後幾天，她在我的記憶裡一直是個慈祥而話不多的老太婆。此時此刻，我分外想念她，如果我的外婆還在世，她準會想盡一切辦法給獄卒打招呼，並囑託他們給我遞一碗精心熬製的小米粥，讓我免於在牢房裡和耗子爭殘羹剩飯。

四　一片朦朧

在去往北平的路上我時常會設想人生的多重可能。我首先想到的是如果我現在不是以革命黨人的身份被押到午門斬首，該過著怎樣的生活。然而這個設想其實很無趣，我大概還是在洋人的鞋店裡作幫工，因爲我從被抓，到定罪遊街，再到小衙役押著我前往北平，一共才過去了幾天。這一切發生得太快，讓我有種仍在做夢的感覺。我想到了自己在衙門裡的點頭和搖頭，如果我不是戴著口枷被捆著橫躺在地上，我和欽差大老爺的坐標係就不會不同，這樣點頭和搖頭也不會被誤認爲是搖頭和點頭。又或是我早些發現坐標系的不同，在庭審的一開始就使用和欽差大老爺一樣的坐標係來點頭和搖頭，興許就不會被判得如此乾脆。我又想到，假使我從一開始就不在洋人的鞋店裡作幫工，我便不會在去幹活的路上被欽差大老爺的官兵們抓住。

這樣看來，人的命運其實很難捉摸，我們可以由一種可能得出千千萬萬種可能。打個比方，如果我使用了和欽差大老爺一樣的坐標系回答他的問題，他依然有可能把我判得很乾脆，原因可能是他認準了我是革命黨人而審判只是個形式，也可能是他老眼昏花根本分不清點頭和搖頭。而這些可能中有的概率大，有的概率小，誰也無法窮盡它們。這樣想來，我倒覺得自己此時此刻的囚徒身份並沒有那麼絕望：我有很大可能繼續做一個死囚，小衙役會完成他的任務，把我押到午門斬首；但也有可能遇上皇帝大赦天下，讓我回去繼續做一個小鞋匠。我很清楚，前者的概率大，後者的概率小，但我的期待本身並不值得指責。

我沒有老婆和孩子，父母也早已過世，人生似乎一眼就能望到盡頭，唯一牽掛的人是和我在鞋店裡一起做工的姑娘，我知道她來自江南，其他的我一無所知。如你所料想的，我十分羞澀，乃至於和她相處了很久都不知道她姓甚名誰。

我還記得那是一個沒什麼顧客的清晨，我正在後房用一些毛皮邊角料打磨圓底高筒鞋，出於個人的愛好和審美情趣，我十分熱衷於製作圓底皮鞋，不論高筒還是低幫，牛皮還是羊皮。可是如眾人所知，沒有誰的腳是圓的，所以這種皮鞋做出來也不可能賣得出去，但好在我用的是廢棄邊角料，也沒有非賣它們不可的壓力。

我的洋人老闆早就知道我平日裡會拿些毛皮邊角料製作圓底皮鞋，他自己也曾經拿著我的圓底皮鞋把玩過一陣，覺得有趣，問我出於什麼原因製作這種皮鞋。我說爲了踐行歐幾里得的幾何美學。他感到有些吃驚，問我從哪兒學來的。我說是我的師傅教我的（我當然是騙他的，哪有什麼老派的製鞋師傅懂得歐幾里得的幾何之美）。我的老闆聽後顯得很是興奮，向我說了一通稀奇古怪的話，什麼大海，什麼亞歷山大，以至於我聽得犯睏。後來他見我不感興趣，便問我要走了一雙圓底皮鞋。這可是我的老闆，他喜歡什麼就拿走什麼，我當然不會反對。幾天後，店門口兩個臨窗的花瓶被換成了我的圓底皮鞋，鞋裡還插了宣紙染色的紅牡丹。令人驚訝的是，顧客來來往往這些年，從沒人發覺有何不妥。

在那個清晨，洋人老闆的聲音穿過廳廊傳到了後屋，我趕忙放下手頭的閒活往前台走去，心中頗有些惴惴不安。因爲老闆平常都不在店裡，如今一早就來探班，大概是有什麼急事。但事實證明我多慮了，他的心情格外好，我甚至注意到他那天換了根嶄新的黑木拐杖。自然，我也注意到了老闆身邊站著一個頗爲羞澀的姑娘。老闆用一口蹩腳的中文跟我介紹，說這個姑娘是新來的僱員。我當時有些興奮，以至於走了神，再反應過來的時候老闆拍了拍我的肩膀，叫我有空帶她熟悉店裡的佈局，別老窩在後屋製作圓底鞋。我連連點頭稱是。

老闆走後，我和姑娘都有些尷尬，我問她來自哪裡，她跟我說了一個地名，我隱約記得是江南的一個水鄉，但我不確定，因爲礙於面子，也就沒有再問下去。她又對我說自己以前在鞋店裡做過工，說完她便去後屋裡打磨那些還沒擺上架的皮鞋。此後的半年，直到我被欽差大老爺批捕，她都在鞋店裡作幫工，除非必要，她幾乎從不說話，只是一個人在角落裡打磨皮鞋或者收拾店裡的器械。面對她的時候我格外沉默害羞，以至於在一起做工的這半年裡我都沒有和她說過幾句話，如今我十分後悔。

囚車在顛簸的土路上咿呀作響，小衙役將囚車和馬兒停靠在路邊稍作停歇。其實所謂停歇只是針對他和馬匹而言，我依然蜷縮在囚車裡沒法舒鬆筋骨。如果我能給囚車設計師們提建議，第一條便是希望他們能夠對囚車作更爲人性化的設計。舉個例子，犯人蹲坐在囚籠裡或者倚靠在木欄上久了，對脊椎和盆骨有損不說，血脈不通更會造成下身淤血，重者甚至會癱瘓。針對這個問題的解決方案有很多種，比如在囚車裡建一個可以伸縮的椅子供犯人長途跋涉時靜坐休息，或者向囚車內部填充富有彈性的材質爲坐臥提供支持，甚至可以擴大囚車的橫截面讓犯人有足夠的空間在囚車內伸展平躺。

但這些方案無一例外都會使囚車的製作成本和維修費用變高，如果押送犯人的總預算不變，囚車的製作成本和維修費用變高就意味著衙門必須得從其他方面節省開支。在押送囚犯的過程中，我能想到的節流途徑便是伙食和住宿。針對犯人來說，這兩方面已經極爲寒磣，住在馬廄裡和馬兒同眠外加吃饅頭喝涼水實在花不了幾個錢，因此再節省也省不到哪兒去。要是眞想節流，還得從衙役的經費裡出。但是押送犯人長途跋涉本就是苦差事，如果還要從差旅途中的住宿伙食上砍經費，衙役們可不得叫苦連迭高呼反對。

話說回來，爲犯人提供更好的福利雖然重要（可以彰顯大國氣概），但其優先級不高，至少沒有讓衙役們開心幹活的優先級高，畢竟流水的犯人，鐵打的衙役，這是常理，誰都明白。這麼想來，更好更人性化的囚車設計並不難，難的是如何普及，要想解決普及的問題，可就得再花功夫細想如何減少囚車的製作成本和維修費用，但這顯然已經超出了我作爲一個鞋匠所能思考的極限。

小衙役將囚車停靠在路邊休息的時候，迎面走來一個趕牛的中年農夫，他穿著粗麻紡織的褐色長衫，頭上裹著白色布巾，用我聽不懂的方言吆喝著鄉曲。他騎著一頭溫順而年邁的老黃牛，壓在牛群的隊尾，手中握著根趕牛用的細長竹條，有節奏地抽著尾牛的屁股。牛群所到之處揚起一陣黃沙飛土，路人皆摀住鼻子瞇縫著眼，站在一旁目送浩浩蕩蕩的牛群從身邊經過。在囚車裡仔細觀察牛群的時候，我愈發覺得牛是一種十分溫順的動物：趕牛人只需拿根小竹條在它的屁股上抽一下，它就會慢慢悠悠地往前晃著，溫順的牛臉上沒有一絲受奴役的屈辱感；當有一群牛的時候，趕牛人也只需要在尾牛的屁股上抽一下，它便會自己頂著其他牛兒往前走。

由牛兒與趕牛人的關係，再結合我的自身經歷看來，群體性受壓迫與造反並非如常理所示一般互爲因果。這其中有兩層含義，即受壓迫並不意味著會造反，而會造反也不一定是因爲受壓迫。前者可以從牛兒們的經歷看出，牛兒們顯然是受了壓迫（像這種被人拿竹條抽屁股可謂莫大的羞辱和壓迫），但它們絕不會去造反，當然這個結論基於經驗主義，因爲趕牛這項農耕活動有著延綿千年的歷史，而我從未聽說牛兒們曾有組織有預謀地舉起反抗趕牛人的大旗。第二層含義（即會造反也不一定是因爲受壓迫）可以由我個人的經歷看出，我顯然是造了反（或者說是被官方定性造了反），但我並不覺得自己受了什麼壓迫。

這些天在顛簸的囚籠裡，我也會設身處地去思考革命黨人造反的緣由，但總得不出一個滿意的答案。如今面對土路上結隊而行的牛群，我大致有了新的思路，即，如果可以由經驗主義得出「牛群受到壓迫卻不會造反」的結論，那麼從經驗主義也一樣可以得出「人多了不受壓迫也會造反」的結論，回顧歷史，這結論便猶如高處水往低處流一般不言自明。

牛群漸行漸遠，而我卻盯著尾牛屁股上靠近肛門的一塊贅肉看得出了神。我從小就有個特質，即容易被莫名其妙的東西吸引住視線，進而展開聯想，並自得其樂。牛肛門上的贅肉讓我莫名想到了和我一起做工的那個江南姑娘，她有一個豐滿的大胸脯，天知道我的腦迴路

（思緒）是怎麼把畜生病變的器官和姑娘身上最美的部位聯繫起來，這讓我自己也很費解。但我越是想，就越是覺得自己齷齪，越是覺得自己齷齪，就越是興奮到不能自已。當然，我並沒有見過那個姑娘裸露的胸脯，正如你所知的，我甚至沒有和她說過幾句話，關於她的過往我統統不知道。

那個姑娘的胸脯很大，而她又總是穿得很嚴實，像一個被棉布裹著的粽子。我常在一旁偷看她蹲下打磨皮鞋的身姿，衣服上的褶皺和蹲下時彎曲的膝蓋讓她的胸脯僅有一絲不易察覺的凸出，這對我來說實在不能算是眼福，倒是站起來的時候她的乳房會像兩個水袋般掛在胸前，走起路來隨著節奏悠悠地晃著。我會盯著那對晃晃悠悠的豐滿胸脯出神，就像我現在對著尾牛肛門上的贅肉出神般不由自主。

我對大胸脯近乎變態的執著可能來自於早逝的母親給我留下的記憶，也可能因爲我只是個色狼。不過，我也可能正在說謊。在故事的另一個版本裡，我知道上個故事中的那個姑娘姓甚名誰，我也知道她來自哪裡，曾經做過什麼，不過這些都不重要，唯一重要的是那個姑娘是我的妻子。既然是我的妻子，我理應知道她的胸脯長什麼模樣，那是一對倒掛的蜜桃，和上一個故事裡的姑娘截然不同的是，她的乳房小且富有彈性，走起路來緊緊繃繃，掀不起一點波紋，但我十分喜歡。

不止是她的胸脯，關於她的一切我都知道並且喜歡——她頭髮的長度，耳洞的大小，睫毛的根數，束身的腰帶，腳上的長靴，喜歡的小曲兒，沒有一樣我不清楚，也沒有一樣我不喜歡。這個故事裡的她，即我的妻子，並不在鞋店裡作幫工，相反的，她是個千金大小姐，而這個故事裡的我依然是個給洋人鞋店做工的小鞋匠。她嫁給我是因爲她喜歡我做的鞋，這聽起來很荒唐，不過生活有時候就是這麼荒唐，我也說不上個所以然。

那天，她穿著一身白色的簪花連衣裙，腳踩一雙紅皮鞋，頭上戴著頂西洋人流行的白色鑲邊大檐帽，在幾個女眷的簇擁下進店挑選鞋飾，陪同一起的還有她留洋歸來的父親。她只一眼就挑走了我精心製作了半年的皮靴。後來我問她爲什麼要嫁給我，她說要讓我天天給她做新鞋穿。這當然不實際，我說你爹那裡有的是錢，想要新鞋穿去鞋店買就好了。她把食指彎成個小錘子敲了下我的額頭，笑著問我是眞傻還是假傻。我當然是眞傻，她都是我的老婆了，怎麼會連我眞傻假傻都分不清呢，但別的不說，被她在腦瓜上這麼一敲，我肯定變得更傻了。

我忽然想起，被欽差大老爺抓住的那個早晨，我正奉命去給革命黨裡的線人送信，信就塞在我的鞋裡，是用橘子汁蘸水寫的，要用火烤才能看見信上的字跡。這樣的任務我已經執行了好幾回，每次都穩穩當當，沒出過什麼差錯。我的妻子當然清楚我在做什麼，因爲她也是一個地下工作者。臨出門前她親吻了我的臉頰，囑咐我多加小心。我說好，讓她儘管放心。

說回胸脯和肛門贅肉的聯想，我覺得這兩樣東西也絕非如看上去一般毫無關聯，至少它們作為鮮活肉體的一部分，都很有質感，鼓鼓囊囊的，既有些多餘卻又不顯得累贅。很多人可能不贊同我的想法，覺得肛門上的贅肉顯然是十分多餘的，這點在人身上可能的確如此（畢竟誰也不希望得痔瘡），在牛身上倒未必。恰當好處的贅肉正好把牛的肛門給遮蓋了起來，算是相當機智的保護措施：如果沒有贅肉對肛門的保護，趕牛人一不小心把竹條捅進牛的肛門裡，牛可就要遭殃了，輕的落個肛裂的下場，重的甚至連腸子都給拽出來，沒幾天就要一命嗚呼。

小衙役說今天我們就住在不遠處的那間客棧。我順著他指的方向看過去，隱約能看見遠處客棧的酒旗。我問小衙役他從何得知前面有客棧，小衙役說他的行包裡有張去北平的地圖，住宿的地址都標註在上面，每天出發前他都會查看一番。我問他依地圖所示，去北平還要多久，他說大約還有一個月的路程，說長不長，說短也不短。如今正是入冬的季節，萬物凋敝，我對他說，如果沿途能遇到一場大雪就好了。小衙役隨即打了個寒顫，他說北方的雪寒冷徹骨，但願我們在趕路的途中別受這個罪。

我說自己一輩子都在南方城市，雪總是羞羞答答的，毫不利落，要是能看一場翻飛的大雪倒也算是在赴死路上了卻一樁心事。小衙役表示理解，他說自己的家在此處往北，父母在茶山上務農，那裡每年都要下一場大雪。我在腦中即刻勾畫出了一幅茶山雪景圖，白茫茫的積雪覆蓋在齊腰高的茶樹之上，星星點點的綠色枝葉參差掩映其中，再加上如淡墨潑灑的冷霧凝霜瀰漫在群山田壟之間，我對小衙役說那景色一定美極了。小衙役點了點頭，說景色的確很美，只不過一到下雪的時候，他的茶農爹娘就變得憂心忡忡，整天念叨著漫山的茶樹可千萬別被大雪凍壞了。小衙役繼續說道自己很小的時候還不懂事，見著下雪便十分興奮好奇，後來長大了些開始幫父母照看茶樹，才逐漸明白此中不易。

小衙役的話讓我很有些感慨，面對兆豐年的瑞雪和面對凍壞漫山茶樹的厲雪，人的欣喜或是憂愁往往都十分無力，因爲雪落雪融全在天意而不在人爲。我忽然從對大雪的期待中抽離出思緒，進而墮入了一種平靜而隱秘的哀愁之中。沉默了半晌後，我問小衙役，把我押送到北平以後他會去做什麼。小衙役說交完差他會在北平待個幾天，畢竟這也是他第一次去京城，想要到處逛逛，再之後他可能就得離京趕回衙門。我又問小衙役到了北平以後我會被朝廷如何處理。

「這我也不知道。」小衙役說，「可能是直接被押去斬首，也可能是被拖去遊街。你現在操心這做什麼？」說這話的時候他回過頭衝我眨了眨眼。

小衙役說的也是，早點知道我是被直接斬首還是先遊街再斬首又能有什麼好處？我的故事到現在爲止已經有了兩個版本，我可以是沒有老婆孩子的洋人鞋店裡的小幫工，並且心裡有個一直牽掛著的大胸脯女伙計，也可以是一個有著小胸脯老婆並爲革命黨人偷偷賣命的地下工作者；故事裡的女主角可以是來自江南卻無名無姓的鞋店女幫工，也可以是家纏萬貫的千金大小姐。哪個是眞，哪個是假，我自己也分辨不清。但作爲一個顚簸在路上的犯人，我越來越認清了一個現實，即我的過去，連同我的未來，都在一片朦朧之中。

五　大鬍子

依照牆上的「正」字，我已經在這巴掌大的牢房裡吃喝拉撒了二十八天，二十八這個數字對我來說很特殊，它是一個月份所能包含天數的最小值，這也意味著我被關在牢裡的時間計量單位從「天」變成了「月」。我想起很久以前聽過一個所謂的瀕死心理模型，這個模型描述了臨終病人心理變化的五個階段，即第一階段的否認與隔絕，第二階段的憤怒，第三階段的討價還價，第四階段的抑鬱，以及第五階段的釋懷和接受。

雖然我還不是什麼臨終病人，但我覺得自己的心理活動和這個瀕死模型有著某種程度上的契合：剛被批捕的時候我覺得一定是紅衣太保和白毛紅爪貓抓錯了人——這是第一階段我對於自己革命黨囚徒身份的否認；初進牢房的那幾天我一直在想爲什麼會是我而不是別人——這是第二階段我對於自己處境的憤怒和對命運不公的怨恨；在之後被獄卒審訊的過程中我不斷嘗試著去自證清白——這是第三階段我對於囚徒身份的討價還價；如今，我正處在模型第四階段所描述的抑鬱之中。再往後，也許就是對自己囚徒身份的釋懷和接受了，不過理論上第五階段的存在並不能改善我的現況，瀰漫四周的無力感讓我不知道當下的抑鬱何時才是盡頭。抑鬱最初的症狀是失眠，我整宿整宿的睡不著覺，這讓我多了很多時間，我嘗試著去回憶過去和思考未來——出於顯而易見的原因，我刻意不去思考自己的現在。

回憶過去意味著要對過往的經歷進行梳理和總結，而我這個人的時間感很差，尤其自外婆過世而我又一人獨居之後，常常在恍惚之間就過了很長一段時間，這讓我的過去像是打了結的麻繩般擰在一起，分不清頭緒。如果一個人時常經歷這種記憶錯置，好處便是他可能會擁有頗豐的想像力和宿命論者才有的莫名信念，壞處便是如果稍具理性的話（又有誰眞的一絲理性都不具備呢？），他還會不由自主地懷疑過往的記憶和體驗是否眞實可信。對大多數時間感較差的人來說，快樂的時光總是沉湎而忘情的，但當處境變得困難，這種因爲記憶錯置而產生的，對自身經驗的懷疑便會深刻起來。發展到極端，甚至會讓人陷入一種不管不顧想要拋卻過往的境地，因爲唯有否定自己與過往的一切聯結，當下的不堪才會如同羽毛一般輕盈可棄。這種在主觀上將記憶空白化的做法，往深處細究，也可算作是一種極端情況下的心理防禦。就我個人而言，如果我的餘生都將在監獄裡度過，那記憶的空白化便會是個漫長且不可避免的過程。到那時，過去逐漸變為空白，回憶將失去它的意義。由此，在牢房裡，我分外珍惜回憶過去的機會，並努力在絕望的情緒中記住自己的過往，即使它們已經在頻繁審訊、忍飢挨餓和連續失眠的作用下變得越來越模糊。

思考未來意味著鋪展開人生的多重可能，如同站在花園裡的分叉路口，每一條小徑都引著我去探索一種未知的可能。在思考未來的時候，我常設想一些具體的，並且脫離我現有處境的畫面，依著那個畫面所必要走過的人生道路，我嘗試著回溯到此時此刻。多數時候，尤其是在思考美好未來的時候，這種由一個畫面回溯到現在的嘗試都會不幸落空，因為橫亙在我與幸福未來之間的是一道在物理上堅不可摧的巨牆，它由監獄內冰冷的鋼筋混凝土鑄造。即便我知道自由的空氣仍在牆外飄蕩，這也絲毫無助於我消解牆內的污濁和無望。舉個例子，我會想到自己還沒有娶過老婆，這是一個適齡男人再正常不過的想法，但無論如何我也無法由婚禮的溫馨畫面回溯到這間逼仄陰暗的牢房之內。顯而易見，我的理性因為長久的驚嚇已經容不下片刻的浪漫幻想，它無時無刻不在提醒著我：那個畫面所代表的世界很美，你大可聊以自慰，但別抱希望，因為那裡註定沒有你的位置。被理性驅使著，在少數無可避免的時分，我會想到不那麼盡如人意的未來，這時候，因果之間的推演便暢通無阻，因為它們符合我當下的窘迫處境。這些令人喪氣的畫面包括終身監禁，被紅衣太保秘密處決，或者在刑訊審問中力竭而死。顯然，這些未來與我的當下聯結得十分緊密，過渡起來毫不費力，因此我自然也覺得不值一提。

與我相對的牢房裡關押著一個剛被抓進來十幾天的革命黨人，他留著齊腰的鬍鬚，神采間沒有絲毫落魄的悲涼。按理來說，犯人被關進牢房前會被強制剃光身上的毛髮，這位顯然是個另類。後來我才知道，他之所以能保留他的鬍子，是因為紅衣太保們認為他的鬍子裡有情報，而他們又不知道這些情報在鬍子離開本體以後還有沒有價值，就索性先留著這個革命黨人的鬍子不剪，待日後再做處置。現在他的腦袋是光的（和我的一樣），鬍子卻拖到了腰間，這讓我覺得他有股飄飄然的仙氣。我自己沒有這樣的氣質，所以我很羨慕他。在我心裡，革命黨人就應該長得如他一般。

夜晚的大多數時間裡，我的腦中空空如也，發呆的時候我會盯著透過窗孔打在牆壁上沿的月光，通過明暗的變化數天上有幾朵雲飄過（當然具體有幾朵雲我也無法驗證）。在入獄之前我從未有過失眠的症狀，深度的睡眠像是上天賜予我的禮物一般，讓我在不管多麼勞累的一天後仍能保持第二天的充沛精力。當我的睡眠被剝奪以後，我才明白那些酣睡的夜晚有多麼珍貴。連續失眠了好幾天後的症狀是無端的痛哭，我一直是個要面子的人，當眾流淚讓我很是難爲情，可我的面部神經和肌肉就像失調一般，完全抑制不住淚腺分泌液體。獄卒們看到我痛哭，就在牢房外的走廊上取笑我，說原以爲革命黨人個個都是有骨氣的，沒骨氣還革什麼命——他們自始至終都不相信我其實不是革命黨人。對面牢房裡的大鬍子革命黨人並沒有嘲笑我，大概因爲我們都是革命黨囚犯，這讓他有種同病相憐的感覺。白天裡，他時常一聲不吭地盯著我看，偶爾的時候，他也會背轉過身輕輕地嘆一口氣。

從小到大，我一直覺得生活的本質就是不斷忍受。如你所知的，小時候我得忍受同齡小孩不和我玩的苦楚（因爲我跑遍了巷道裡的犄角旮旯，並因此精通捉迷藏而總是得勝），也得忍受老師不賞識我的苦楚（因爲我用四線格小工具繪圖，是個不守規矩的怪胎），還得忍受外婆不時要銷毀我小發明的苦楚（因爲有些小發明不實用），這都說明了在我的少年時代，苦楚常與我相伴。

長久不得意使我鍛煉出了一種本領，可以較爲平和地接受生活中的打擊，並努力保持樂觀積極的心態。回想起來，即使是在夏日天台上目睹了令我神魂顛倒的年輕女人，並在隨後的日子裡竭盡全力仍苦尋無果的時候，我都沒有失去對生活的基本信念。

唯一的例外是在外婆過世後，我隻身被趕出老屋，那時我的確短暫地消沉過一陣子，但後來我很快調整併適應了新的生活，因爲我明白，生活就如同噴著蒸汽的火車在既定的軌道上轟鳴，即使不那麼確定軌道將通往何處，只要前面不是懸崖峭壁，有路，就還有希望。基於這種信念，生活中的痛苦與憂愁便如同車窗外嗡嗡作響的風車，或是濃煙滾滾的煙囪，無論看起來多麼巨大可怖，只要時間足夠久並且我的心力足夠堅強，隨著生活的列車一路向前，它們就一定會逐漸從我的視線裡消失。

但這次的抑鬱頗有些不同，我的後路已然被截斷，而懸崖峭壁就在眼前，恐懼以無路可走的形式深植於我的內心，如同海潮裡一個大而漆黑的漩渦，載著我的小船正圍著漩渦打轉，雖然頃刻間小船還不至於被吸入漩渦中令我粉身碎骨，但也看不出漩渦將要停息的絲毫可能。在甲板上祈禱漩渦停止顯得荒唐而無用，我對此心知肚明而又無能爲力。這種無力和絕望是抑鬱的病灶，同時也是抑鬱的病根，二者牢牢相連，無頭無尾，以至於我甚至不知道有任何消解的可能。

好在大鬍子終於在被關押的第十二天和我說了話（我一直規律地在牆上刻「正」字）。那天夜裡，他等獄卒都休息了，便朝我這裡發出噓聲，我當時正失眠（對著牆壁上的月影發呆），突然聽到對面不絕於耳的噓聲，以爲那大鬍子革命黨人想用噓噓聲來利尿。我心想這人多大歲數了，撒尿還要發出噓噓聲。緊接著他喊小兄弟，黑暗裡我想像著他對著牆角掏出自己褲襠裡的玩意兒，一邊噓噓一邊喊小兄弟。興許他的鬍子太長，一不小心尿到鬍子上也說不準，又或許是他一手縷著過長的鬍鬚，一手夾著那玩意兒站在牆角撒尿。我覺得這畫面眞是久違的有趣，不禁樂出了聲。他聽見我咯吱在笑，就問小兄弟你笑什麼。我才反應過來他喊的小兄弟是我。我連忙向他確認之前是否在叫我。他說是。我登時來了精神，立馬挪到靠近他的那面鐵欄前。月光下除了他那撮及腰的長鬍子，我什麼也看不清。

「小兄弟，你是哪個隊的？」大鬍子問我。

我告訴大鬍子我其實什麼也不知道，是紅衣太保們抓錯了人，我並不是革命黨人。大鬍子顯然覺得我信不過他，就跟我說小兄弟請放心，都是自己人。見我不置可否，大鬍子說他自己是地下二隊的。他顯然認爲我是出於提防的原因而不願多說，便自己先報出了來歷。可我哪裡知道地下二隊是什麼，我趕忙向他解釋自己眞的不是革命黨人，而是一個在鞋店裡打工的小鞋匠，我還解釋說自己是在去鞋店討要工資的路上被該死的白毛紅爪貓們指認，再經由紅衣太保們批捕，直到現在我都不清楚這些小畜生們爲何指認我是革命黨人。

面對大鬍子革命黨人，我發現自己正處於一個兩難的境地：和紅衣太保們難自證清白，跟眞正的革命黨人竟也無法解釋得通，兩方都在逼迫我接受革命黨人的頭銜。聯想到這一個月來的不幸遭遇，我不由得怒從中起，意欲破罐子破摔並告訴大鬍子自己屬於第十三分隊暗殺小組（雖然有極小的概率眞有這麼一個小組）。

「其實，也沒有什麼關係。」大鬍子在我還未開口前打住了我，他說他觀察了我很久，也猜出來我可能不是眞的革命黨人。大鬍子告訴我前些天他之所以沒和我說話，是因爲他也在防備著我。我不明白他防備我做什麼，我們兩個都是以革命黨人身份被現任政府關押的犯人，本是同根生，相煎何太急。大鬍子向我解釋，他說紅衣太保們很善於偽裝。說完，他拿手指了指過道的一邊兒，那裡是獄卒夜間休息的地方，有時候紅衣太保也會在那裡小憩。我有點不太明白大鬍子所謂的僞裝是什麼。他從我的沉默中察覺到了我的困惑，便繼續跟我解釋，簡而言之，就是紅衣太保會僞裝成革命黨人，而獄卒會把這個假「革命黨人」關押在眞革命黨人的囚室旁邊。等眞革命黨人放鬆警惕後，僞裝成革命黨人的紅衣太保就會誘導眞革命黨人供出關於革命黨內部的機密。

大鬍子說者無意，而我聽者有心，這段對話使我渾身泛起陣陣寒意。我對大鬍子的背景幾乎一無所知，而我差點就要（賭氣地）隨口告訴他我是什麼狗屁第十三分隊暗殺小組的成員。他如果是眞的革命黨人倒還好，隨口胡扯至少不會對我有什麼實質性的損害，如果大鬍子實乃僞裝成落難革命黨人的紅衣太保，那我就眞的跳進黃河也洗不清了（不過話說回來，我早已在洗不清的黃河裡浸泡了許久）。這有點兒像博弈論裡的囚徒困境（巧合的是，我和大鬍子還眞的都是階下囚），兩個囚徒之間的猜疑鏈本應該延伸到無窮遠，因爲如果大鬍子眞是革命黨人，他便沒有十足的把握確定我不是紅衣太保，此時穩妥的做法理應是閉口不談，免得引禍上身，而非互探虛實自報家門。

因此，只有在兩種情況下，大鬍子會選擇暴露自己地下二隊的身份，第一種可能的情況對我較爲無害，即大鬍子是眞的革命黨人，並且認爲我不是紅衣太保的可能性大於一個極高的閾値，以至於用不著擔心身份的暴露；第二種可能的情況則讓人頗爲絕望，即大鬍子是紅衣太保，他選擇暴露自己的身份僅僅是爲了套取信息。但我轉念細想，如果大鬍子眞的是紅衣太保，他又爲什麼要告訴我紅衣太保僞裝成革命黨人的故事？難道僅僅是想讓我相信他並且放鬆警惕？我的確不知道紅衣太保還會僞裝成革命黨人，但興許紅衣太保會僞裝成革命黨人這一信息在革命黨內部早已人盡皆知，紅衣太保們也正因爲知曉這一狀況，便設法將計就計順水推舟，好用無關痛癢的信息來換取革命黨囚犯最大程度的信任。

誠然，在理性層面，兩個囚徒之間的信任基礎極爲薄弱，因爲這種邏輯推演式的猜疑鏈可以延伸到無窮遠處，到最終，誰也信服不了誰。不過，出於一些不可言說的善意和直覺，我還是傾向於第一種可能的情況，即大鬍子是眞的革命黨人，他選擇暴露自己的身份是因爲他相信自己的處境較爲安全。出於穩妥考慮，我問大鬍子我該怎麼確信他不是紅衣太保僞裝的革命黨人。

「小兄弟，我知道你不是紅衣太保就夠了。」大鬍子說罷頓了頓，他捋了捋鬍鬚，說他只是和我說說話，因爲一個人待在牢裡實在是太悶了。

大鬍子的這番話並沒有向我證明他是個革命黨人，卻讓我猛然發現自己與大鬍子的感受是一致的，呆在牢裡實在是太悶了。在牢房的日子裡，除了隔三差五審訊拷打我的紅衣太保以外，我沒有一個可以與之說話的活人。我認爲在牢房的這些日子可能是我這輩子迄今爲止最悶的一段時期。沒被抓起來之前我至少每天都能遇到些人，可以是鞋店裡的老闆，跳蚤市場上的小販，也可以是路上乞討的叫花子，我可以與他們中的一些人說說話，即使大多數情況下我們的對話都言之無物，但不可否認的是這些對話讓我有了一種排遣無聊生活的方式。在此時此刻，與大鬍子的幾句簡短交流讓我的心情稍微舒暢了一些，並且也讓我明確感受到了一點，即這些較爲輕鬆的言語交流可以鈍化我對絕望和無力的感觸，從這種角度來看，閒聊於我意義重大，以至於沒了它，絕望和無力感所引發的抑鬱便會像陰天的烏雲一般，揮之不去。

我和大鬍子說我並不想追究他是不是革命黨人，我也正好悶得慌，有個能說話的伴眞是再好不過了。大鬍子聽罷乾笑了兩聲，什麼也沒說就回到自己的角落裡。我想他可能實在沒什麼話和我說，因爲沒過多久我就能聽到大鬍子沉重的鼻鼾聲，而整個夜晚的平靜又都歸於我一人所有。

此後的一個星期，每天晚上，大鬍子都會在獄卒熟睡後和我說幾句話。每次說話前他總是發出短促的噓噓聲，然後喊一聲小兄弟，我就跑去靠近他的鐵欄前。他和我說話總是沒有前因後果就戛然而止，一開始我覺得問題可能出在我身上，如此反覆幾次，我就明白這是大鬍子的風格。他和我說的話，我從不去多問，因爲我知道即便我問了也得不到答案——你很難從一個革命黨人的嘴裡問出些什麼來，除非他想告訴你。我會在白天反覆咀嚼大鬍子在夜裡和我說的寥寥數語，這項思維活動讓我在絕望的牢獄生活裡又有了些許盼頭。

從和大鬍子的對話中，我知道了蔓茉莉被燒的大概起因，也知道了革命黨人和老蔣之間的聯繫，可我並不關心這些，我原以爲自己一輩子都不會知道這些紛繁複雜的信息，像我這種小老百姓，又有什麼必要去關注那些象牙塔上的人和事呢？如今我知道了事情的起承轉合，可我並沒有任何輕鬆之感。命運像個頑皮的小孩，一腳把我踹入是非的河流之中，他在岸上看著我在湍流中翻滾，如今眼看我就要被溺死了，他卻伸出一根只夠搭手的竹竿讓我不至於即刻斃命，這讓我對他滿腹怨言的同時又無可奈何。

大鬍子入獄第二十天的夜裡，他並沒有發出噓噓聲找我說話，而是等獄卒都睡著後，用左右腮幫的鬍子擰成了兩根結實的繩索（事後我才知道）。他先是把左腮幫的鬍子在脖子上繞了一圈並掛向右邊，再把右腮幫的鬍子在脖子上繞了一圈並掛向左邊，最後在囚室天花板的管道上將兩端的鬍子紮了個結。常人很難想像他是怎麼做到這些的，這意味著他要沿著囚室的鐵欄爬到能觸及得到囚室天花板的高度，這類似於爬樹，然而不同的是，爬樹的時候腳有很多著力點，爬光滑鐵柱的時候更多是靠雙手和雙腳緊緊夾著鐵柱來提供向上的靜摩擦力。除此之外，他還需要憑藉雙腳與鐵柱之間的靜摩擦力讓身體維持在一個高度上，再輔以強大的腰腹力量，並解放出雙手去將左右兩撮鬍子繞過天花板上的管道打成一個結。至此，大鬍子完成了上吊所需要的一切前奏，他大可就此輕輕一躍，在長須的鐘擺運動中結束自己的生命。

大鬍子也的確這麼做了。當然，如果深諳物理學以及人體構造，便不難知道鬍子與皮膚是靠毛囊維繫在一起的，而千百個這樣的毛囊並不足以承受大鬍子整個身體的重量，因此，他的鬍子從毛囊處被齊根拔起，還順帶著撕下了幾層臉皮。受地心引力的作用，大鬍子朝地面摔了下去，巨大而沉悶的響聲驚動了值班的獄卒，他們趕來的時候，大鬍子直挺挺地躺在地上口吐白沫。我目睹了獄卒們將大鬍子抬出囚室的全過程，那個前一晚還跟我隔著囚欄談話解悶的男人，在上吊未遂後被安置在擔架上，他的身體軟踏踏的，除了微微抽搐的四肢外，彷彿與一具死屍無異。

　　我向大鬍子的囚室張望，月光下，我隱約在天花板的管道上看見了那兩撮不爭氣的鬍子，它們正迎著從窗口湧進的涼風悠悠地擺動著。

六　罪與罰

讓我們回到故事的一開頭，我在去洋人開的小鞋店做工的路上被官兵們逮著了，因為他們認定我是革命黨人。就像你所知道的一樣，當下的革命熱情如火如荼，革命黨人遍布市野，沒準走個兩步就能遇上一個。雖然沒人會把「革命」二字刻在臉上，但被羈押在路上的革命黨囚犯仍舊十分醒目（大概都是些戴著口枷而又憤懣難平的可憐人），回想一路上我都沒有碰見這些被官府逮捕的同僚，實屬奇怪。按理來說，被抓捕的革命黨人已經為數眾多，而這其中被押送至午門斬首的應該也有不少，我這一路下來本可以結識不少志同道合的友人。

我問小衙役，為何一路上都沒有遇到除我之外被羈押去午門斬首的革命黨人。小衙役說他也不清楚，不過他聽說不同的犯人被處理的方式不同，但宗旨是一樣的，就是最大化犯人的不舒服程度：如果犯人來自江南水鄉喜歡溫潤潮濕，那他便會被送去黃土戈壁，在那裡被吊起來任之自然風化；如果犯人來自兩廣之地而久經酷暑高溫，那他便會被押至漠河以北，在那裡被剝光衣服直到凍成冰棍。

聽完小衙役的這番話，我有些震驚，但仔細一想，又有些不以爲然，因爲覺得類似的判罰在某種程度上有失偏頗。具體來說，判官們並不能通過犯人來自何處就得出其喜歡或者厭惡什麼，即來自何處與個人喜好之間並不構成直接的因果，因爲這兩者的關係是蓋然的，而非確定的。舉個例子，犯人可以來自江南水鄉卻不喜歡溫潤氤氳，也可以來自兩廣之地卻不適應酷暑高溫。

除了被剝奪生命是人人避之不及的懲戒手段以外（當然我們也不能排除死亡是極少數哲人的理性追求），多數的刑罰都基於律法制定者針對人們喜惡而作出的蓋然性總結，而非實然性定論：例如人人都不想挨鞭子（反例是受虐狂），人人都害怕受到監禁（反例是無法自理之人，受監禁反而有人提供照顧），或是人人都羞於當眾受辱（反例是露陰癖）。如果因罪而施的懲罰僅僅基於蓋然的可能，在特殊情況下便會適得其反。具體在判處犯人去漠河以北或者黃土戈壁這件事上，官老爺們對於刑罰地點的錯誤判斷，便等同於讓犯人花著公費去體驗生活（比如生於兩廣之地卻怕熱喜涼的犯人被押到漠河以北，便能體會到從未有過卻心嚮往之的透心涼）——這無疑在一定程度上減輕了犯人應承受的痛苦，並與朝廷懲罰有罪之人的動機背道而馳。

小衙役對我說，欽差大老爺判我的時候很是猶豫，因爲我的檔案實在沒什麼特色（家鄉氣候也平平無奇）。面對如此棘手的案子，欽差大老爺既不好把我送到黃土戈壁去曬成肉乾，也不好把我送到漠河以北去凍成冰棍，如果就地正法，他又覺得便宜了我這種造反份子。如今我仍清楚地記得自己當時被五花大綁著，只能橫躺在青磚地板鋪就的衙門大堂裡，嘴上又套著口枷不能說話，活像一條在地上蠕動的蚯蚓。沒記錯的話，欽差大老爺向我提出了兩個問題，一是問我到底是不是革命黨人，二是問我要不要爲自己辯護。我當時把欽差大老爺所在的坐標系和我點頭搖頭的坐標系搞混了，這讓我到現在都有些後悔。

我自然不認同小衙役的看法，因爲在我的印象裡，欽差大老爺判我的時候乾脆利落，看不出絲毫遲疑。小衙役說那是因爲欽差大老爺十分聰明，他只猶豫了一小會兒就拍下腦門想到了這個絕妙的點子——把我押到午門斬首。小衙役說自己的腦袋瓜就沒欽差大老爺的那麼好使，讓他想一百遍也不會想到午門，畢竟那可在千里之外的北平。

如果去午門的判罰眞如小衙役所說，是欽差大老爺的即興所爲，那我可要對高居廟堂之上的欽差大人刮目相看了（即使官老爺並不在乎一個死囚的評價）。如你所知，我們身邊各式各樣的人都不缺，唯獨缺有詩意的人（這也是爲何自古至今詩人數量如此少的原因）。從欽差大老爺靈機一動把我判到午門斬首這一點來看，我覺得他是一個有詩意的人。假若他老人家不去當官而去專心寫詩，保不準也能成爲一個與李杜齊名的大詩人。

我之所以這麼肯定，是因爲我深知由詩意而起的靈感在創作中的作用。我對外聲稱自己是鞋店裡的小幫工，其實幹的都是鞋匠的活，而我也一直認爲自己是個製鞋的手藝人，製鞋的過程即是創作的過程，因爲鞋子做成什麼樣全憑我的喜好（當然，也得看洋人老闆的臉色）。做工的日子裡，在完成既定的量產任務以後，多餘的皮料和鞋跟就可以任我自由創作。據我所知，歐幾里得所提倡的幾何之美是詩意世界的重要組成部分，它自然也曾給我帶來過莫大的靈感，爲了追求極致的幾何對稱，我製作過許多雙狀似圓錐的皮鞋：鞋底是規規矩矩的圓形，越往上鞋幫束籠得越緊，直到在小腿肚處才緊緊閉合。這種鞋很符合我對於幾何美學的追求——人們甚至不需要分清它哪頭是鞋尖兒哪頭是鞋跟兒，因爲鞋底是圓的，一切都很和諧統一。

只可惜我身邊的人幾乎都沒聽過歐幾里得，更別說他所提倡的幾何之美（他老人家若還在世，一定會爲我用製鞋手藝踐行著幾何之美而欣慰不已）。不過我的老闆除外，他聽說過歐幾里得，因爲他是個洋人。如你所知，讀過書的洋人沒有誰不知道歐幾里得。而我既沒有讀過書，也不是洋人，卻知道歐幾里得，由此便不難猜出，在洋人老闆之前，我的生命中也曾出現過幾個讀過書的洋人。

早些年，我還不在洋人的鞋店裡做工的時候，常會去東門的一家小酒館，並在裡面叫上幾杯小酒和一碟花生，一坐就是一晚上。在酒館裡，每天都有幾個洋人傳教士向閒著沒事做的小老百姓傳福音。爲首的傳教士常來這家酒館，因爲他髮絲短而捲曲，眉心上又有顆棕褐色的痣，酒館的伙計私底下都喚他作「洋如來」，久而久之，也沒人清楚他到底叫什麼。「洋如來」的中文說得很利索，帶一點兩廣口音，據他說自己是從兩廣一路北行來到此地，要留在這裡傳教幾年，至於具體要傳教多久，他說還得等候教宗的來信。

以旁觀者的角度來看，傳教活動頗爲考驗教士的耐心，尤其傳教對象是酒館裡無所事事的小老百姓。經常是傳教活動還沒進行到一半，就會有幾個起哄的二流子向傳教士們詰問，一頻率最高的問題是「上帝住哪裡」，每次還不等「洋如來」和他的教士朋友們稍作解釋，一旁的眾人就會紛紛叫嚷，向他們拋來「上帝和土地爺比誰的法力強」或是諸如「玉帝老兒罩不罩得住他」之類的問題。洋教士們這時候倒也不生氣，他們一邊微笑一邊擺手，待大家的嬉鬧勁過了，便又繼續講聖經裡的故事。

不像佛門弟子要禁酒，洋教士們可沒有這些清規戒律，晚飯期間，他們會三五成群地聚在酒館裡喝酒，酒足飯飽後也自然會聊除了傳教以外的事。這些洋教士們來自五湖四海，只能用彼此都熟悉的中文溝通。他們聊的話題範圍甚廣，橫跨古今，個頂個又都是講故事的能手。因此，酒館裡無論是伙計還是客人都十分喜歡這些洋人傳教士，畢竟無聊的時候可以聽洋人們的故事，又有誰會不樂意呢？話說回來，我就是從這些洋人傳教士們的閒談之中聽說了笛卡爾的坐標系和歐幾里得的幾何學派。

如今在顛簸的馬車上，回憶使我記起了傍晚酒館裡的觥籌交錯，也使我記起了米酒下肚後胸腔裡殘留的少許灼熱，幾經對比之下，我越發懷念過去那些漫不經心的日子，以至於一連幾天都沉浸在悵然若失的情緒之中緩不過神來。就這樣，在不知不覺間，小衙役和我已經沿著古道向北走了十日有餘，我們終於在闊別城鎮許久之後再次進了城。

這座皖南重鎮前些個月還被革命黨人所佔領，朝廷的軍隊花了近三個月的時間才攻克了這座城池，剿滅了革命黨叛軍。如今踏足之地，仍有兵戈火燒的痕跡，街角巷口能看見好些蹲在地上的流民，他們目光空洞，彷佛家園被毀的景象仍猶在目，正處於憤恨交加而又無處發洩的狀態之中，此時他們看見小衙役身穿官府的衣物，便覺得小衙役年少好欺，紛紛站起身責問小衙役和他所代表的朝廷爲何帶給他們連年的災禍。小衙役不好多說，也深知寡不敵眾，只能一個勁地趕著馬兒拖著囚車在大道上往前走，任由身後跟著一群人喋喋不休地唾罵著，直到一隊官兵騎著高頭大馬經過，才把我們身後的這群流民給呵斥開。

一路上小衙役和我大多在近郊的驛站留宿，驛站的伙食肯定不比城裡上好的酒肆，如今好不容易進一趟城，小衙役自然不能錯過這個機會，還未入城的時候他就向路人四處打聽哪家的飯菜最爲好吃有名，一進城便直奔目的地而去。

自古飲食乃人生大欲也，即使身處亂世，這座遠近聞名的酒家也依然人聲鼎沸，門前有殷勤的店小二不時地招攬著食客，大堂內盛飯上菜的吆喝聲此起彼伏，後廚裡烤肉美酒的香味也已經早早地越過圍牆飄到了街市之上。小衙役將囚車停在酒館門口，又拿鎖鏈將囚車栓在廊柱上，便要自己一個人進酒館裡吃飯去，臨走時他還對我做了個鬼臉，叫我不要嘴饞流口水，稍後他會給我從酒館裡打包些菜點來果腹。我催促他速去速回，自己的肚子早已經餓得咕咕直叫。

在等待小衙役從酒館出來的時候，我倚靠著囚車的圍欄，四下環顧在酒館門口出入而往來不絕的人群，一個紅頭髮的洋教士正在廊柱旁對幾個市民宣講西羅亞樓倒塌的故事，這激起了我的興趣。因爲曾在東門的小酒館裡聽了好幾年的福音，我仍依稀記得聖經中的這個故事，大致說的是西羅亞樓無緣無故倒塌，一併砸死了十八個耶路撒冷市民，基督以此警戒眾人並非被砸死的市民更爲有罪，而是人人都背負著原罪，如果其他人不懺悔，也注定有一天會遭受類似的滅頂之災。

當年「洋如來」和他的教士朋友們在酒館裡向大家講述這個故事的時候，我們這些小老百姓都沒有放在心上，因爲這種無緣無故被砸死的慘劇跟我們的日常生活實在相隔得太過遙遠，有這閒功夫倒不如關心一下明天去哪兒找米下鍋。如今時隔多年，我又再一次聽聞西羅亞樓的故事，實覺恍然隔世。

話說回來，除了故事的熟悉程度之外，激起我興趣的還有此處場景與當年東門小酒館的莫名相似，這讓我覺得西方傳教士或許人人手中都有一份傳教指南，而在小本本中，酒館即使不是傳教的最佳地點也一定是最佳地點之一。究其原因也不難理解，大概是因爲在諸如酒館一類的魚龍混雜之地才最容易散播信仰的種子。那位紅頭髮的洋傳教士講解得非常好，不過周圍的聽客卻不多，一方面可能是因爲他選的位置不好（沒人會一直堵在酒館門口聽故事），另一方面可能是在動亂年代，大家都各有心事去操勞，聽故事的閒情逸致自然也不會多。

這時候一個矮小的中年男人倚到我的囚車旁，低聲問我犯了什麼罪，要被押送去哪，又要作何處置。我嫌他多管閒事，就白了他一眼，也沒太放在心上。他接著更進一步壓低了嗓音，問我是不是革命黨人。我說是革命黨人怎樣，不是又怎樣。他說是我就救你出來，不是我就走開。這讓我覺得有些荒唐，我問他如果我說是的話他能用什麼法子救我出來。矮個子的中年男人環顧四周後沒再說話，幾個箭步就隱到了往來的人群中去。

事實證明他很聰明，因爲他前腳剛沒入人群，幾個全副武裝的官兵就把我團團圍住了，連同在圓心的我和拉囚車的馬，被圍住的還有在酒館門口傳教的洋教士以及五個明顯無事可做而只能聽洋教士講故事的市民。

官兵們一再堅稱被圍住的都是我這個革命黨人的同僚，紅頭髮洋教士立馬擺手說自己是大不列顛來的傳教士，不是什麼革命黨人。官兵們看了他高鼻大眼紅頭髮的洋人模樣，秉著國內社會矛盾不宜國際化的宗旨，便呵斥洋教士站到圈外去。那五個聽眾見到這架勢也慌了，連忙聲稱他們不是革命黨人的同僚，甚至不知道我是被羈押的革命黨重犯。官兵老爺們哪裡聽得下這番解釋，三下五除二就把這五個人拷上了腳鐐和手銬。

我站在囚車裡，覺得眼前這一幕緝拿革命黨人的景像似曾相識。圍觀的市民漸漸多起來，人群哄鬧中摻雜著對這五個「革命黨人」指指點點的議論聲。街角買冰糖葫蘆的小兒趁大家都分神的時候一貓腰就溜走了，賣冰糖葫蘆的老頭回過神來發現小孩兒沒付錢，只能又急又氣地大聲罵娘。小衙役此時才從酒館出來，他一手抹著嘴上的油花子，一手提著給我捎帶的菜點。很顯然他並不清楚外面發生了什麼，只好沿著我所在的方向（我站在囚車裡，因此「高人一等」而分外顯眼），一邊護著懷裡的飯菜，一邊擠開密密麻麻的人群朝我這裡移動。小衙役當然挪不到我身邊，畢竟我仍然身在官兵們的包圍圈裡。官兵們看到這個穿著衙服的小孩，自然不肯放他通過，直到小衙役從兜裡掏出欽差大老爺親筆撰寫的判書給他們看，官兵們才對他放行。

小衙役沒多言語，他把盛飯菜的竹筒遞給了我，收拾整頓好了隨身的行李之後，便牽著馬兒在人群中開路。人們見到剛才那群官兵攔住小衙役後又放行，也知道這個小孩的官府身份不好惹，便自動往兩邊退去。被官兵們羈押的那五個「革命黨人」還沒離開，小衙役和囚車一經過，圍觀的人群又自動圍攏了過來，他們都想要看清那五個「革命黨人」被批捕的具體情形。

此前我一直認爲，不是革命黨人而被判作革命黨人是小概率事件，我的遭遇僅僅是中了很大的負彩而不是普遍現象，但在目睹了酒館門口針對這五個「革命黨人」的批捕之後，我的觀念已然發生了轉變。從目前的事態來看，作爲革命黨人被朝廷逮住的概率其實很小，而不是革命黨人被朝廷逮住的概率倒要大上很多。比如那個聲稱要救我的矮個子男人，他分明是革命分子卻能在大庭廣眾之下來去自由，而我和那五個聽故事的倒霉蛋，我們都是些無害的良民，卻因爲莫須有的罪名被官府批捕，今後更是免不了要鋃鐺入獄和掉腦袋。

這五人在一刻鐘前，還和我一起，聽那個來自大不列顛的紅頭髮洋教士宣講西羅亞樓倒塌，無緣無故地砸死十八個耶路撒冷市民的故事。細究他們以及我被抓的原因，其實無非是世道已亂，而我們生活裡的西羅亞樓也碰巧塌了，如果你非要說我和他們有什麼罪活該受這種懲罰，即使你是欽差大老爺，我都會舉雙手雙腳以示不贊同。

七　吃不吃胡蘿蔔

大鬍子上吊未遂的當晚便被獄卒帶走了，隔天隨著他一同被帶走的還有那兩撮已經和他分開了的鬍子。幾天後，他又被獄卒押送回來，只不過下巴和後腦勺上纏著厚厚的白色繃帶。從我的觀察來看，他的傷勢一定不輕，聽獄卒們說他跌下來的時候頭先著了地，不幸跌壞了腦子，成了個癡呆。

癡呆之後的大鬍子幾乎無法與人溝通。失去了每晚與大鬍子的夜聊，我的抑鬱變得愈發嚴重起來。感性上來說，我願意相信這是大鬍子的一番苦肉計，也許他是以此來麻痺紅衣太保，並爲他的革命黨同伴們爭取反撲的時間。但是望著沒有了鬍鬚的大鬍子蜷縮在牆角發抖，我的理性又告訴我，那個我所熟悉的大鬍子已經不在了，他也許是死於鬍子和他面頰分離的一剎那，也許是死於腦袋著地的那一刻，甚至是死於在夜裡因召喚我而發出的第一聲噓噓。這些死因聽起來或許都很滑稽可笑，但我卻不得不接受它們，因為我需要在往後的很多時日裡（如果我和大鬍子都不被處死的話），在看見那個蜷縮在角落裡發抖的軀殼時，不斷地提醒自己大鬍子已經死了這個事實。也許很多年以後，有人會告訴我大鬍子沒有死，或者是他的鬍子並不及腰，他們會說大鬍子當時並不在X市，甚至會朝我大聲嚷嚷「那個大鬍子並不是什麼革命黨人，你被耍了！」我想，我是不會去和他們爭辯的。

大鬍子上吊失敗後的幾天，大家都覺得他命不久矣，沒有了及腰的鬍子，他也就沒有了護身符，再加上癡呆，羈押他並不會對圍剿革命黨人起到任何正面作用，紅衣太保和其背後的現任政府大可以隨時將大鬍子處死。但令我吃驚的是，處死大鬍子這一看似必然的事件遲遲沒有發生。獄卒們起初還會在私底下議論此事，久而久之，大家便把這件事給忘記了，彷彿大鬍子已經被安排好從今往後都會生活在監獄裡一般。

剛入獄的時候我得頻頻往返於牢房和審訊室之間，我的全部吃喝拉撒只能在逼仄陰暗的小牢房裡進行，可以說我對囚室之外的監獄生活幾乎一無所知。後來我才知道，這所監獄關押的不全是革命黨人，同樣被關押在這座鋼筋混凝土所鑄造的巨大建築物之中的還有其他犯人（罪名更是花樣繁多），有偷了鄰居家的雞去求證雞不會游泳的鴨販子，有和大嫂家的侄女通姦的磨面師傅，也有私底下給白貓塗抹染料假扮白毛紅爪貓的小混混。認識這些人是在我入獄的半年後，那時我的獄中生活已經在一定程度上獲得了改善：紅衣太保們可能終於明白我的確不是革命黨人，但礙於程序規章不容違背，他們又沒法將我從監獄裡直接放出，一合計，便只好把我轉移到了普通囚犯的關押樓。這也就是說，我不必再接受審訊和隔離，可以過上正常的牢獄生活了。

當然，在被轉移到普通囚室樓之前我對自己將要面臨的生活一無所知，由於紅衣太保們沒有明確宣判我的刑期，所以我只好默認是無期徒刑，這一度讓我有些心力憔悴，並以為這種無聲的轉移只是為了讓我迎接之後更大的懲罰。好在過了些日子，監獄方面批准我參與到普通囚犯的生活勞作之中。起初，我猜他們是想看我會不會露出革命黨人的狐狸尾巴，所以我的一舉一動都格外小心，以避免不必要的麻煩。後來，由於很長時間內都沒有再感受到紅衣太保們的審訊，我那懸在空中惴惴不安的心也逐漸放下了。退一萬步講，即使紅衣太保或者獄卒們仍在暗地裡監視著我的一舉一動，我也依然要感謝他們，因為至少在活動範圍變大以後，我的心情較之從前更為舒暢了。如果瀕死心理模型沒錯的話，我已經順利過渡到了理論中的最後一個階段，面對牢房裡的種種不順，我想我已經能夠接受並釋懷了。

大約是和我同時，在我入獄半年後，也就是當年的八月，大鬍子也被允許走出牢房參與到監獄內部的車間生產和日常活動之中。大鬍子被分配與我同住（普通囚室是雙人間），除了癡呆，他的精神狀態看起來倒是不錯，他那原先蓄著鬍子的下巴上結著厚厚的血痂，雖然看起來頗為滲人，但好在他倒也不會真的在意自己是否毀了容。獄卒們都認為大鬍子已經跌成了癡呆，就讓我照顧大鬍子的日常起居，說是起居，其實就是一起在食堂裡打飯，一起在操場上放風，因此我的任務並不算太重。

自從蔓茉莉被燒以後，紅衣太保們抓捕了很多革命黨人，像我和大鬍子這樣身陷囹吾但能有一定活動範圍的革命黨犯人雖說不多，但也有十來個。按常理來說，現任政府絕不會從輕處置這些革命黨囚犯，因此，我猜測這些被特殊處理的革命黨人不是已經暗中和現任政府妥協，就是紅衣太保安插的奸細。我們平常排隊打飯，工操活動也時有擦肩而過，但絕不會多囉嗦一句，偶爾眼神相會，也多是猜忌和狐疑，這種無聲的責難讓本該團結在一起的革命黨囚犯毫無向心力。其他人私底下多半也會認為我和大鬍子是紅衣太保安插的奸細。這大概率的污名倒是沒有給我帶來多少困擾，畢竟我本就不是革命黨人，而與此同時的大多數革命黨犯人還在經歷暗無天日的審訊，我理應感到幸運。

有了一定程度上的人身自由，我也不得不參與到監獄裡的政治活動之中。如你所知的，在政治活動之中，分幫站隊是稀鬆尋常的事。我和大鬍子初來乍到，對此並沒有做過什麼研究，只聽說監獄裡大大小小的派別挺多，但歸結起來都被劃分到「吃胡蘿蔔幫」和「去胡蘿蔔幫」這兩大派別的勢力範圍中。顧名思義，這兩個派別最大的分歧就在於吃不吃胡蘿蔔。我不是很喜歡吃胡蘿蔔，所以我就在「去胡蘿蔔幫」招新的時候簽了個名，也代大鬍子簽了個名，簽的都是我們囚服上的編號。關於大鬍子喜不喜歡吃胡蘿蔔，我並沒有十足的把握，但我既然承擔了大鬍子半個監護人的職責，我想我理應有幫他簽個字的權利。

監獄裡的伙食比較馬虎，但對於過慣了窮日子的我來說並不算什麼將就。每天定時定點的三餐，即使沒什麼油水我也很滿足。這讓我回想起了外婆剛去世的那段日子，我那時才十來歲，至今我仍清晰地記得那是一個三伏天的傍晚，空氣中瀰漫著一股燥熱，即使是最輕柔的晚風也驅散不開。我正從學校走回家，如你先前知道的，我一直沒什麼玩伴，所以回家的路我通常也是一個人走。

那天的太陽比往日西沉得更早些，最後的晚霞已被厚重的雲翳遮掩了，天色因此而十分暗沉。小巷兩旁的路燈因爲電壓低和年久失修的緣故，燈影顯得尤其昏暗婆娑（英萊藤這種不耗電又具有高流明的照明設備在當時仍沒有被普及），但光線昏暗並不妨礙我自得其樂地在小巷子裡穿梭，恰如其分的黑暗正給了我最大的自由，我可以在居民樓的過道中任意探索而不被誤認為是小偷。

我在前幾章中提到過，自從那個在初夏傍晚不速而至的年輕女人從我的生活中消失以來，我有很長一段時間都無法走出一種求而不得的困境，以至於每晚歸家之前都會守在一棟居民樓的天台上，內心期盼著能再見到那個年輕女人一眼，無論代價是什麼。直到不久前的一個清晨，我還記得那天起床之後，夏日裡聒噪的蟬鳴彷彿在一夜之間消失了，我在竹篾編織的涼蓆上仰面躺著，盯著天花板上龜裂的油漆截面發呆，並被一種絕對的靜謐所環繞，與之而來的，是一股莫名的平靜，像是窗外無雲的淡藍色天空一般。也就是在那一刻，我下定了決心要去改變這種渾渾噩噩的狀態，自那天之後，我刻意地不再去爬天台，也刻意地不再去接近與白衣女人相關的那幾棟居民樓。

但除開那幾棟居民樓我不再踏足，街頭巷尾的其他樓房我仍舊屢屢探訪其間。帶著一種生活的慣性與好奇，我喜歡觀察這些居民樓裡還在變化著的蛛絲馬跡。在那個三伏天的傍晚，我如往常一樣，悄悄地潛入了小巷盡頭的一棟三層民房裡。在二樓的過道邊，有一輛缺了後輪的自行車停靠在牆角。如果我沒記錯的話，幾個月之前，二樓的過道裡還沒有這輛自行車。我摸了摸車上的積灰，只有淺淺的一層，這輛車大概是最近才被閒置在此，車的後輪像是被人卸下拿去給補胎師傅修理了，也許過幾日修好了就能再度上路。

牆面上的白漆已經剝落得所剩無幾，距離地面一米高的牆壁上滿是坑坑洼窪的鞋印，再往上看，我注意到有一張最近才貼上去的宣傳標語，上面寫著「清潔樓道事小，文明社區事大」，紅色的字體方方正正，大概是街道辦事處爲了響應最新的市容規範才貼上去的。我打心底裡覺得這些標語沒什麼意思，說的東西都是些模棱兩可的口號，雖然琅琅上口，但什麼是小，什麼是大，什麼是清潔，什麼是文明，每個人的標準都不一樣。我覺得頗爲興致全無，因此就快步離開了那個樓道朝家走去，再後來，我就聽到了遠處消防車的聲音。

之所以這段路和當時的光影讓我記憶深刻，是因爲在走完那段路之前我還是個有家的孩子，雖然只有外婆和我；而在那之後，我沒有了家。火源並不在我和外婆住的那棟居民樓，後來我從出席外婆葬禮的街道鄰居那裡聽說，外婆本可以全身逃離火災現場，但她想到三樓的寡婦還沒逃出來，就不顧阻攔又衝進了濃煙中的居民樓。外婆終於是把寡婦從樓裡拽了出來，但寡婦被救出來時已經斷了氣，外婆自己因此全身大面積燒傷，立即被送去醫院搶救。政府非但沒有爲此嘉獎外婆，反倒因爲她沒有救出活的寡婦，而又把自己燒成了重傷並耽誤了公共醫療資源，認爲外婆應當承擔所有的醫療費用。

我還記得事發不多久有個帶著圓底眼鏡的區委官員來到外婆的病房，他握著我的手，略帶歉意地說，他們沒辦法褒獎我外婆的所作所爲，他也只能代表其個人對我的外婆表示最誠懇的慰問，但是外婆欠政府和醫院的錢不能不還。外婆這麼多年的積蓄並不夠負擔所有的治療費用，他說他這次來就是提議把屬於外婆的老屋子翻修再抵押給政府。我心想這是什麼狗屁邏輯，就在他遞給我的簽名材料上草草勾了幾筆，我只希望他趕緊從病房裡滾出去。外婆從入院到離世都一直處於昏迷狀態，後來我想這也是她老人家自己的福分，她當時如果還清醒著，十有八九也會被氣死。

外婆過世後我就因爲交不起學費而輟了學，在從事製鞋這個行當之前，我還在路邊擦過皮鞋，一天的營收剛剛好夠買些饅頭就著鹹菜果腹。要相信這對於我來說並不是什麼不堪回首的往事，當時的食宿是差了些，但好歹是無牽無掛，自由自在。所以說到底，如果覺得監獄裡的伙食不好，那多半是沒有在更艱苦的環境中待過。我一直覺得大多數人沒有在艱苦的環境中待過（事實也的確如此）。無法理解彼此，才會執著於某些雞毛蒜皮的事，爲諸如吃不吃胡蘿蔔爭得面紅耳赤，乃至大動干戈。

我所經歷的第一次胡蘿蔔之爭就發生在「去胡蘿蔔幫」招新後的第三天，那天的午飯是胡蘿蔔拌蛋炒飯。管伙食的大伯在食堂的防爆玻璃窗前給排好隊的囚犯們從大鐵鍋裡盛飯，隊首的囚犯第一眼瞅著胡蘿蔔，就高呼自己是「去胡蘿蔔幫」的，不吃胡蘿蔔，不用給他盛。大伯哪管他吃不吃胡蘿蔔，讓他不吃就自己撿著丟掉，胡蘿蔔顆粒太小，管飯大伯也實在沒法將胡蘿蔔和蛋炒飯分開。後面排隊的「吃胡蘿蔔幫」成員嚷嚷著讓隊首的囚犯別堵著隊伍，他們還要吃胡蘿蔔，別礙事。隊首的「去胡蘿蔔幫」成員根本不以爲意，大喊著諸如「老子就是不讓你們這些吃胡蘿蔔的雜碎吃到胡蘿蔔，你們能奈老子何」之類的話，氣焰很是囂張。

我排在隊伍中間，大鬍子就站在我身邊。我們前面的隊伍裡既有「吃胡蘿蔔幫」也有「去胡蘿蔔幫」的成員，我們後面的隊伍裡兩方人數也差不多，可謂勢均力敵。食堂的氣氛被派別不同帶來的敵意點燃了，一時間，盛飯用的木碗和木杓叮咚作響，兩方人員廝打在一起，食堂一片混亂。

我和大鬍子矗在發生衝突的人群正中，而我此刻只想趁亂去管飯大伯那盛些飯，畢竟我本質上只是個不怎麼喜歡吃胡蘿蔔的人，對胡蘿蔔的有無並沒有特別深刻的思想認識，換言之，少許的胡蘿蔔我也不是很反感，至於大鬍子到底能不能吃胡蘿蔔，我就更無從得知了。

我和大鬍子沿著牆壁挪到食堂窗口，管飯大伯正插著腰從防爆玻璃的另一邊冷眼看著窗外的囚犯扭打在一起。這時一個明顯是「去胡蘿蔔幫」的囚犯揪住我的脖子，正想拿木碗掄我，我趕忙拿手護住頭部，大喊我也是「去胡蘿蔔幫」的，是自己人。那人一看我是自己人，就氣沖沖地把我往牆邊一推，質問我「去胡蘿蔔幫」的人吃什麼胡蘿蔔拌蛋炒飯？我指了指大鬍子，說我和我兄弟實在是太餓了，我們並不準備吃胡蘿蔔，我們會把胡蘿蔔挑出來，扔地上，再踩上幾腳！說著，我對著地面狠狠地踩了幾腳，像是腳下有一根三尺來長的大胡蘿蔔。他聽上去很滿意，還沒等他在口頭上表示對我們的寬恕，一個「吃胡蘿蔔幫」的囚犯從身後重重地給了他一木碗，他當即哎喲一聲捣住頭，轉身便又投入到戰鬥中去。

我趕忙趁著這個間隙，向管飯大伯討要今天的午餐。他顯然是聽到了我和那個挨了偷襲的「去胡蘿蔔幫」成員的對話，他鄙夷地看了我和大鬍子一眼，嘟囔著不是什麼狗屁「去胡蘿蔔幫」嗎，怎麼吃起了胡蘿蔔？我不敢吱聲，大鬍子只是傻乎乎地在那裡一邊笑著一邊點頭，涎水順著他血痂上新長出來的小肉疙瘩一路流到了領口。好在管飯大伯罵歸罵，還是給我們盛了飯。我們領著剛盛來的飯，貓著腰想找個安生的地方趕緊吃完。

我盡力恪守著剛才許下的諾言，即，從碗裡挑出胡蘿蔔，丟地上，再踩上幾腳（大鬍子顯然不在意這些幫派鬥爭，胡蘿蔔、蛋、炒飯他來者不拒）。依著這套流程和動作，我還沒吃到一半，就有一個「吃胡蘿蔔幫」的人抓住我的衣領，質問我爲什麼不吃胡蘿蔔。我攤了攤手，說我打小不是很喜歡吃胡蘿蔔，但你要非讓我吃胡蘿蔔，我也能吃，只要別揍我就成。說著我就撿起地上的幾個胡蘿蔔屑，往嘴裡塞，對方一看我屈打成招，滿心歡喜，大喊這裡有個「去胡蘿蔔幫」的被感化了，大夥兒快來看他吃胡蘿蔔。

這聲招呼不僅宣示著「吃胡蘿蔔幫」大獲全勝，也引來了一群對叛徒恨得牙癢癢的「去胡蘿蔔幫」成員。我一看形勢不對，立馬拽著大鬍子跑。我心裡正納悶獄卒怎麼不管管食堂裡發生的暴動，辣椒水就自食堂四周伸出的蓮蓬頭向聚集的人群齊齊噴去。我和大鬍子因爲跑得快，不在食堂中心，正處於噴頭的死角而沒被淋到，不然事後非脫了層皮不可。

被辣椒水淋得滿身通紅的人群逐漸冷靜了下來，獄卒用廣播喇叭向食堂內喊話，諸如什麼吃蘿蔔和不吃胡蘿蔔的獄友都得互相尊重，這樣監獄裡才能文明用餐之類的話。我突然就想起那個三伏天的傍晚，我當時就很厭惡過道裡印著「清潔樓道事小，文明社區事大」的橫幅，當時我還有外婆和家。我想這獄卒的話是什麼狗屁邏輯，吃胡蘿蔔和不吃胡蘿蔔事關歸屬感，雖然歸屬感也是一類虛詞，但總好過他媽的文明用餐。正因爲歸屬感，才會有「吃胡蘿蔔幫」和「去胡蘿蔔幫」，這對於獄卒來說肯定是狗屁不通，但對於身處牢獄的犯人來說，就是全部，就是尊嚴。當然，像我這種不太在乎歸屬感的，倒也不怎麼在意，你給不給我吃胡蘿蔔，強不強迫我吃胡蘿蔔，我都不大在意，也不願意爲此傷了和氣。

身處監獄中，無論吃不吃胡蘿蔔，我都要與一部分人爲敵，這點讓我分外想念牢外的生活，至少在牢外的生活裡，我可以在革命黨人和頑固派之間選擇做個折中的平頭老百姓。想到這，我竟有些懷念起那段吃饅頭就鹹菜的日子了。

八　茶花女

離北平還有一半的路程，我和小衙役日常的行程作息很規律，他一般天未亮就在驛站裡備好了一天的盤纏，從馬廄裡牽出站著睡了一宿的馬兒，再叫醒在一旁的牢籠裡睡了一夜的我。他通常會在出發前塞給我兩個饅頭和一壺水，聽到第一聲雞鳴後，我們就動身趕往下一個驛站。

小衙役騎著馬兒，馬兒拖著囚車向北。我們所走的路很寬敞，但在動亂年代，康莊大道也多半變成了坑坑窪窪的土路，馬蹄在土路上奔走時掀起的塵土附著在我身上，一開始我還會覺得渾身上下不舒服，再後來我就習慣了，如今即使四周塵土飛揚，我也能面不改色的在囚車裡和馬背上的小衙役說話。如果有統計，每天我有超過三分之一的時間都要面對小衙役的後背和他的辮子。小衙役告訴我他其實不想留辮子，每天花在打理辮子上的時間很久，很麻煩。但是男子不留辮子就是不忠於皇上，尤其在官府裡幹活吃皇糧，他沒有選擇。我問他爲什麼不用假辮子，每天只要別在頭髮上就好，多省事。他說他也想過，可是之前一直都住衙門分配的宿舍，兩人一間，如果留假辮子被人揭穿，就要吃不了兜著走。

「你也知道，我在衙門裡一直受欺負，可不能給人抓了把柄。」說完他轉身朝我吐了吐舌頭，「你就不用遭這個罪了。」

小衙役說的沒錯，自從被定性爲革命黨人，我就再也不用打理辮子。在遊街之前，欽差大老爺命人把我的辮子剪掉，他說我既然是革命黨人，就要以革命黨人的身份（沒有辮子）示人，而我的辮子是由八股小辮子擰起來的，每股小辮子又有鉚釘粗細，所以格外結實，一般的剪刀剪不動它。欽差大老爺拿我的辮子沒轍，又不願把我的辮繩解開分個剪斷，正忙著想對策。這時候有個上了歲數的官吏提醒欽差大老爺，衙門的倉庫裡還有一台前朝的狗頭鍘，原本用來斬犯人的脖頸，辮子想必沒有脖頸結實，用此鍘一定能將叛黨的辮子連根斬斷。欽差大老爺聽了立馬讓人把狗頭鍘拖出來，狗頭鍘多年不用，鍘上已經鏽跡斑斑，還好前朝的鐵匠工藝精湛，拂去刀刃表面的鐵鏽後還算鋒利，只輕輕一張一合就把我蓄了多年的辮子剪斷。

我告訴小衙役我其實一點也不懷念自己的辮子，那是舊時代的產物，新時代都不興留辮子。小衙役問我新時代興什麼，我說我也說不上來，可能興剃光頭，也可能興染頭髮。他直搖頭說不可能，因爲剃光頭的都是出家人，染了頭髮和洋人有什麼區別，肯定會興別的什麼，反正不是剃光頭和染頭髮，再說身體髮膚受之父母，爹娘肯定不會同意他剃光頭染頭髮，至於別人家怎麼樣，他也沒辦法知曉。我問小衙役他爹娘現在住哪，做些什麼謀生。他說依照之前規劃的行程，我們再過幾天會看到一座山，那山上住了好幾戶茶農，其中就有他家，我們當天夜裡可以不用去附近的驛站過夜，既省了公費，他也可以回家探親。

如你所知的，我的父母早早就過了世，以至於我已經記不清他們的模樣。在那之後，我在幾個親戚和父母的朋友家寄宿過，也陸陸續續上了幾年學，除了識得幾個字以外什麼都沒學到。寄人籬下很彆扭，吃穿都得看主人的臉色，我很不喜歡這種束手束腳的生活，就自己出來討生活。在去洋人開的鞋店作幫工之前我也曾在一個上了年紀的製鞋師傅那裡做過幾年的工。師傅對我要求很嚴格，薪酬也少，但因爲我幹活出力，那些日子倒很自在。後來師傅過世，店鋪也倒了，我就輾轉到了洋人開的鞋店裡。

「你有沒有相好？」小衙役騎在馬上，頭也不回地問我。

我問小衙役什麼算是相好。他說相好就是要娶回家的人。我說我沒有什麼要娶回家的人，我又問他有沒有相好，小衙役說他有，他說這次回家就要去和爹娘商量提親的事。他說那個姑娘是天底下最漂亮的女子，他們打小一起長大，知根知底。

我很羨慕小衙役，自我記事起，就沒有在遠方令我牽腸掛肚的父母。在我的故事裡，和我接觸最多的女子是那個來自江南，有著大胸脯，也在洋人開的鞋店作幫工的姑娘，而我天生膽小，連話也沒和她說過幾句，如果非要說她是我的相好，誰都會覺得牽強。而在另一個故事裡，我是有妻子的，如你所知的，她也是個革命黨人，這麼說來，她也不能算是我的相好，因為相好是要娶回家的人，她顯然已經被我娶回家多時了。無論是哪個故事，我都沒有相好，這也能從側面說明相比於小衙役，我少了些讓自己心馳神往的東西，很是可憐。

之後的幾天小衙役顯得很興奮，總是一邊騎著馬兒一邊吹著口哨。我在囚車裡曬著太陽，冬日的暖陽像是被一個巨大的燈罩裹住了，只留下不刺眼的柔和。從皖南重鎮出發後，路兩旁的景緻愈發肅殺，到處是光禿禿的落葉植被，只有低矮的灌木叢還有少許綠色，有時候行了大半天路才能碰見幾個過路的柴夫，扛著砍來的枯柴朝附近的村鎮慢悠悠走去。僅是這幅光景，如果沒人告訴你我們正處在革命年代，你絕不會聯想到此刻動蕩的時局——所有的人和事都跟千百年來發生在這片土地上的一切並無二般。

小衙役說他已經能看到家了，我順著他指的方向看過去，那裡一片青蔥翠綠，漫山遍野的茶樹和我們身邊光禿禿的喬木形成了鮮明的對比。在冬日無處不在的凋敝裡看到這幅景象，像是在酷暑裡覓得一處遮蔭，大漠裡尋得一汩清泉。我向小衙役感嘆這風景美極了。他噗哧一笑說他自小就看遍了這山的角角落落，茶樹常年不落葉，一年四季都是這般綠油油的，他又說他已經兩年沒回來了，很想家，這次押送我去北平對他來說眞算是一件美差，因為去北平的路上他可以順路回家。我想除去要被拖去午門斬首，這一路上我其實也挺享受的，不用操心行程住宿，伙食也有保障，更重要的是可以去看看外面的世界。我在城鎮出生、長大、做工，這次長途跋涉可以算得上我人生中的第一次遠足。

古人說望山跑死馬說得一點都不錯，小衙役告訴我他已經看到家的時候太陽還沒有升過我們的頭頂，而眞正到山腳下的時候紅日已經落下了山頭。天色已晚，趕夜路上山很危險，不說動盪年代山野劫匪出沒，就是豺狼山魁也多半在夜晚行動，小衙役思考再三還是決定在山腳下找一間驛站先住下，爹娘只能待到明日再聚。

辦理了入住的手續後，我又被安排到馬廄旁的囚房裡。每個驛站都建的大同小異，有給官吏入住的客房，有提供備用馬匹的馬廄，還有羈押犯人的囚房，囚房大多由馬廄的隔間改造而來。如果犯人本身在囚車裡，就把囚車也推進囚房，這相當於上了雙保險，羈押犯人的衙役也能安心在客房裡休憩。馬廄的氣味很難聞，但習慣了倒也不是不能接受。一路上我都沒遇到同樣被羈押的革命黨人，多數時候囚房裡空空如也，只停著我一輛囚車，這樣倒也好，我可以安穩地睡個好覺。

臨到午夜的時候，囚房的門口傳來戚戚促促的聲響，我入睡很淺，這響聲把我吵醒後我便很難再睡著。聽聲音原來是有一個衙役趕了夜路，路上被一夥劫匪把羈押的囚犯給截了去，他拿著官府的通文讓值夜班的伙計把驛站老闆叫醒聽他解釋情況，驛站老闆衣服也沒換就下了樓，說他也沒法子，通訊的信鴿都飛在外面，至少今天晚上是沒辦法把劫匪的情況通報給周邊縣城了。衙役氣得直跺腳，大呼丟了囚犯他自己也性命不保，讓驛站老闆幫他想想對策。驛站老闆說今晚實在是沒辦法，不過好在前面是山，後面是有重兵把守的郡縣，諒那伙兒劫匪也跑不了多遠。衙役聽完這一番勸解，語氣倒是緩和了不少，因爲受了驚，他也沒心思入寢，就找人閒聊。驛站老闆打了個哈欠說他先回去就寢了，明天還得趕早去集市採購，順便指示了值夜班的伙計，讓他多安撫安撫受驚的衙役。我很睏，但也只能聽著他們抑揚頓挫的談話，將就著合上眼睛等待天亮後的第一聲雞鳴。

第二天一大早，小衙役就拉著我上了路，還好我不用趕著馬兒，倒可以窩在囚車裡閉目養神。沿著山路蜿蜒向上，兩旁的枯樹慢慢變成了低矮的灌木，再後來就變成了蔥綠的茶樹，小衙役一邊策著馬，一邊跟我說今天晚上就住他家，先不下山了。我嚇唬他說這樣會耽誤行程，昨天晚上沒能趕回家，今天可不能再逗留了，趕不到北平可是要殺頭的。小衙役說他早就算好了行程，今天本來要走一天的路才能在傍晚將將到家，但因爲我們昨天趕了路，所以今天不到正午就能回家。

我告訴小衙役昨天夜裡有個被羈押的囚犯在路上給劫匪擄了去，那衙役半夜趕到驛站，非常焦慮。小衙役說他今早起來準備盤纏的時候聽驛站的伙計講起了。我說如果咱們昨晚要再趕個把鐘頭的路，說不定被擄去的就是我，而你可就要被殺頭了。

小衙役聽後若有所思，他說下次不趕路了，頓了半晌又轉而問我是不是很期待被擄走。我說當然期待了，對我來說不能叫擄走，被同伴救下怎麼能說是擄走，應該叫接走。小衙役一邊笑，一邊說我真是個直心眼，他問我怎麼能確定自己不是被山野劫匪擄走，而是被革命黨同伴接走。我說一般的山野劫匪不會和革命黨囚犯作對，綁架無非劫財劫色，而我既沒財也無色，再說我和那些人八竿子打不到一塊去，總不會是尋世仇的。小衙役說山野劫匪可不管旅人是誰，他們只管統統擄了去，若是回營後看我沒有利用價值，而又不好把我放了去（因爲知道劫匪的老巢），是個貌美的女子倒還好，可以作壓寨夫人，換成我就只會被剁碎了肉餵營寨裡的看門狗。

我說即使這樣，平平安安到了北平脖頸上挨一刀是死，被山大王擄去剮肉餵狗也是死，不過是十天半個月的區別，運氣好被革命黨同伴接走倒可以免了一死，對我來說這預期結果要好過平平安安抵達北平。

小衙役叫我別貧嘴了，他說他家就在前面，爹娘此時應該正在後山的茶園裡勞作，正午左右會回家吃飯。他顯然沒有提前和父母通風報信，要不然此時這對老夫妻一定會在門前翹首企盼他們年久未歸家的孩子。小衙役將馬車停在門前，自己進屋坐了一會兒又出來把馬車沿著小路牽到屋後的院子裡。他問我要不要從囚車裡出來轉轉，我當然點頭說要。如你所知的，我的吃喝拉撒都在這囚車裡，自從被關進囚車之後，我就再也沒有下去過。小衙役給我開鎖的時候，我問他怎麼不怕我跑。他說我帶著腳鐐和手枷，能跑去哪。我說可以跑到山下去。他噗哧一笑，搖搖頭，說這裡前不著村後不著店，我是跑不掉的，他又表示之所以放我下囚車是因爲爹娘在家，他沒法按驛站的規矩把我擱在屋後的院子裡。我爲此向小衙役表示了感謝。

沒過多久小衙役的爹娘就回了家，他們放下馱著的竹簍伸展腰背，冷不丁被沒打聲招呼就回家的小衙役嚇了一跳。小衙役向他們解釋了事情的緣由，並介紹了我這個同行的囚犯朋友。老倆口見兒子不遠萬里回家，很是開心，他們本準備就著糟糠糊弄一下，這下倒好，磨著刀要去殺雞圈裡僅有的兩隻老母雞，小衙役讓他們別殺，說殺了以後就沒有蛋吃，老倆口直擺手說沒事，殺了一隻還有一隻可以下蛋。他們見我乾坐著，轉而簡短地和我寒暄了幾句，便去灶台和雞圈忙午飯的事，一點也沒把我當個外人。

老倆口比我想像的要老一點，我望著他們，想起了自己的父母，如果我的父母沒有早早過世，應該也是這般年紀。他們是做什麼的，有著怎樣的生活，我一概不記得了，某種程度上來說，我的過去在大胸脯的女伙計和我的妻子那裡是一片朦朧，但到我的父母那裡就變成了一片空白，這讓我缺少了些什麼，不過到底缺少什麼，我也說不上來。

「怎麼沒見著你的相好？」趁著老倆做飯的期間，我打趣起小衙役之前說的那個相好，「該不會是單相思吧？」

小衙役衝我翻了白眼，說下午就去山的另一頭找她，他們打小一塊長大，怎麼會是單相思。他還說他們兩家世代都是茶農，他的相好也在茶園裡幫忙，在去衙門前兩人一塊在茶山上幹活，每天都背著竹簍給茶樹除蟲澆水，一起走山路，在溪澗摸魚，林裡打鳥，好不快活自在！這幅兩小無猜的光景讓我很羨慕小衙役的過去，那和我的過去截然不同，它清晰明朗，充滿了生機，是被漫山茶園浸染的綠色。

我的過去緊接著空白的是一片鹽鹼地的灰色。自記事起，我就寄宿在郊外親戚家裡，每天除了閒逛並沒有更好的方法去消磨時光，久而久之我就把村落小巷裡的角角落落都逛了個遍，後來同齡的小孩到了玩捉迷藏的年紀，就聯合起來一起擠兌我，因爲我總是躲到他們找不到的地方，而他們躲到哪裡都會被我找出來。我從小就是個直腸子，現在想起來，如果我能配合他們遊戲，比如時不時地躲在顯而易見的地方，或是假裝找不到他們，也許就不會受到排擠。但當時的我深信遊戲的趣味性就在於身心投入，如果不能讓我百分百地投入，我乾脆就不玩遊戲。從這件事上可見我小時候很有個性，如果是現在的我，就不會這麼直率，換句話說，小時候的我還不是個滑頭，還有些堅持。

那時村子的後面有片很大的鹽鹼地，政府不讓販賣私鹽，那地就成了一片荒地，沒有玩伴的時候，我喜歡一個人在鹽鹼地溜達。灰濛蒙的天地間只有我一個行走的小人，這種感覺讓我醉心。鹽鹼地裡多是些沒有風化殆盡的石頭，就那樣淅淅瀝瀝地散落在地上，乾枯發黃的植被東一簇西一簇，鹽鹼地東南角靠山崖的地方有幾個大石塊聳立著，像是一個天然的圍城。

除了冬天太冷，我常往鹽鹼地跑，從村子出來，我就穿一件薄衣或是打個赤膊，手裡抓一把風乾的玉米粒，胯上再別著裝水的竹筒，一去就是一天。通往鹽鹼地的一路上要經過十七個地鼠洞，我之所以記得這麼清楚，是因爲它們也認得我，每次我經過地鼠家門前的時候一吹口哨，就會有小機靈把頭探出來和我打招呼，我也順手把兩三顆玉米粒扔進洞裡以示慰問。

我常爬到東南角的大石塊上面，往鹽鹼地的西北方眺望。夏日的太陽蒸得大地升騰起鼓鼓熱浪，遠方的景像在熱浪中忽隱忽現，如夢似幻。後來我發現鍾情這片鹽鹼地的不止我一個人，這讓我有些不自在。有一次我正枕著手臂躺在石頭上發呆，從遠處走來了一男一女，他們顯然沒有注意到石頭上面的我。兩人在石頭四周繞了幾圈就側身擠進巨石圍城裡，他們盤腿坐在石蔭下，閒聊著家長里短，對此我一點也不感興趣，只能盡力保持著安靜好不去打擾他們的談話，因爲我不想他們知道我就躺在他們上面。再後來下面沒有了說話聲，我正覺得奇怪，就往下面掃了一眼。如你所猜想的，我看到了堆在一旁的衣服以及那個男人裸露在外的後背和屁股。那男人的屁股和腰背呈現古銅色，他身下的女人則有著鐘乳石白的膚色，這黑白的色差在石蔭下很明顯，即使過了這麼多年，我也記得一清二楚。

古銅色的屁股隨著節奏一起一伏，對這一幕我很是好奇，所以我探著脖子想去看看下面究竟發生了什麼。但我的記憶在這裡不爭氣地分成了兩個不同的版本，在第一個版本裡，我看到了男人身下的那個女人，她的胸脯因爲激烈的喘息一起一伏，像是鋪散開的水袋。我正看得出神，這時本來仰面朝天的女人看見了我，她尖叫著摀住嘴，直拍著那個男人的脊背說些我聽不懂的方言，我感到事情不妙，連滾帶爬從石頭上跑下來，在慌亂中把裝水的竹筒落在了巨石上，那男人從石蔭下衝出來追我，我跑得快，他又來不及穿衣服，追了我一會兒就因爲怕被人撞見放棄了。

而在第二個版本裡，那個女人盯著我的眼睛，鎮定自若地對在石頭上俯視他們的我說，「小鬼頭，看什麼看！」我不知從哪裡鼓足了勇氣對她說我什麼也沒看。聽完我理直氣壯的回答，那個背對著我的男人扭過頭來看了我一眼，又轉頭低聲對他身下的女人說，「小屁孩，不用理他。」既然他們都說了不用理我，我就接著在石頭上面看，那女人過了一會兒見我還看，又衝我說，「還看！羞不羞？」我當然是不知道羞的，如果我知道羞一開始就不會去看了。可經她這麼一說，我突然感到此時此景的無趣，無趣的事總是讓我打不起精神（躺在石頭上發呆並不無趣），於是我就不再往下看了。過了一會兒我在巨石上睡著了，醒來後石蔭下的男人女人早已不見了蹤影。

這兩個版本的故事讓我分不清眞假，我大可以憑裝水的竹筒有沒有丟去判斷哪個版本的故事是眞的（第一個版本裡竹筒丟了，第二個版本裡沒丟），但我有好幾個裝水的竹筒，它們又都長得一模一樣，直到如今我也記不清自己是不是丟了其中的一個竹筒；還有另一種可能，就是這兩個版本都是眞的，那樣的話我就在同一塊石頭上看見了兩次古銅色的屁股，至於這古銅色的屁股是不是同一個男人的，或者男人身下的女人是不是同一個女人，我又分不清了。而這些其實都不重要，重要的是在看到古銅色屁股的男人和他身下的女人之前我並不知道羞，從那之後我知道羞了。我說我的兒時世界是灰色的，這事一點兒也不假，灰色是鹽鹼地的顏色，石頭的顏色，村子裡天的顏色，但我沒說的是，那灰色的一角裡還有古銅色和如鐘乳石一般的白色。

小衙役吃過午飯就去山的另一頭找他的相好去了，傍晚時分他垂喪著頭回到家，老倆口顯然預感到發生了什麼，就一個勁安慰他們的兒子，而小衙役哭得很傷心。晚飯後小衙役和我說他下午去了山的另一頭，可是他青梅竹馬的相好已經搬走了，向鄰居打聽，說是給一個茶商的公子哥看中了，娶了回去做妾，半年前一家老小都搬到茶商的老家享受榮華富貴去了。我很想安慰小衙役，但又不知道從何安慰起。小衙役說他爹娘讓我今晚睡在他的床上，畢竟遠到是客。我說，「可不能！那你怎麼睡？」小衙役說他可以打地鋪，說罷他擦著鼻涕眼淚跟我笑嘻嘻，說他可不能讓我連夜出逃，要打個地鋪堵在大門口。我說我跨過去就好了，他指了指我的腳笑著說，「你還帶著腳鐐呢。」

在囚車裡睡久了，我一時間不習慣躺在床上，直到午夜都睡不著，三更的時候我躡手躡腳走出小衙役的房門，準備回到院子裡的囚車上將就一晚，趁著打鳴前再多睡一會兒。小衙役正一個人盤坐在後院大門口，他大概是坐在門檻上睡著了，睡得很熟。我悄聲走到他的背後，給他披上打地鋪的被子。回到囚車裡，我望著天上的星星，那銀河分明就在天的這一端，牛郎織女的神話連我這種沒怎麼讀過書的人都知道，他們每年都會跨過這天河相聚，千百年來如此。

對著漫天繁星的夜空，我在想，一個沒有了牛郎織女的世界該是多麼的無趣，而一個沒有了茶花女的世界對於小衙役來說會是怎樣的，我並不知道。但我相信，今夜入夢的小衙役將和我一樣，在我們的心裡或多或少缺失了一些令人心馳神往的東西，而這東西就像是漆黑夜空下的幾點星光，又像是灰色鹽鹼地之上的鐘乳石白與古銅。

九　B橋

事情的起源是這樣的，超生在我們X市是不被允許的，這是自古以來的規矩。我雖沒讀過什麼書，但也模模糊糊記得小學課本裡有提到過這件事，那頁課本上畫著一個男人和一個女人的輪廓，男人是藍色的，女人是紅色的，兩人合力托著一個紫色的小孩（藍色加紅色是紫色），這幅圖的旁邊有個氣泡樣的標語，上面寫著「One and Only One」。

很奇怪，過了這麼多年，我甚至連二十六個英語字母都報不齊，但這句「One and Only One」我卻一直記得。至於小學課本裡爲什麼會出現英語單詞，也許那課本就是地地道道的英語教材，也許寫教材的人並不指望小學生們能明白，畢竟之後老師會解釋插圖的含義。總而言之，禁止超生既然是老祖宗留下來的東西，就理應是屬於我們X市的傳統文化。據傳上面一開始只有口頭上的警告，沒有明令上的禁止，又或是上面的人頒布了禁令但下面的人沒把它當回事，幾十年間陸陸續續多了好些超生兒，主管蔓茉莉檔案室的官員也睜一隻眼閉一隻眼，給那些超生兒都統統上了戶籍。上面不加大力度整頓，大家當然也都有恃無恐。如果不是父母早逝，我可能也會多出好幾個超生的兄弟姐妹（幸好我是頭胎），至於他們如果活到現在會不會被通緝追殺，我實在是不敢去想。

紅色通文下達的當天，我正在鞋店裡幹活，一個穿著講究的公子哥左手拿著報紙右手揣在兜裡，一邊連連搖頭，一邊踱著步走進了我們的店面。老闆當時不在店裡，我覺得自己作爲資歷比較老的員工，理當幫著老闆張羅顧客，於是我放下手頭的活，去門口迎那位公子哥。

公子哥顯然對報紙上的新聞很不滿，他罵罵咧咧，說著些「他媽的這是要搞死我們」的話，我當然摸不清個所以然，不過我從很小的時候就知道，穿著講究的一般都是有錢人，而有錢人多數都喜歡囂張跋扈。如此看來，看個報紙罵罵娘倒也算不得什麼過分的事。於是我輕聲輕語地問他發生了什麼，其實我對發生了什麼一點也不感興趣，但既然顧客正在氣頭上，禮節性地詢問幾句說不定就能讓他把氣消個幾分，而氣一消他就更有可能在店裡買鞋（我有回扣提成）。當然了，這些小技巧都在培訓手冊裡寫得清清楚楚，我可不會隨處亂說自己天生就具有審時度勢的能力，要說厲害，還是我們老闆寫的培訓手冊厲害，小到上面提到的察言觀色、見機行事，大到店裡鞋位的空間擺放、鞋標的明碼折扣，面面俱到，應有盡有。

公子哥沒怎麼搭理我，他擼起袖子將報紙丟在一邊，一下癱倒在試鞋座位上。我見他目光有些呆滯，又良久沒有起身，就撿起掉在地上的報紙，想要看看是個什麼大新聞。如你所料想的，我就是這樣知道了政府下達的紅色通文。後來那個公子哥回過神來，叫我給他打包了四十款差不多樣式的皮鞋，還說他得趕緊回家和父母商量要不要離開X市，這四十雙鞋他先付了錢，至於要將貨送到哪裡，什麼時候送過去，他之後再通知我。我當時很開心，因爲這四十雙鞋的回扣抵得上我一個月的工資，那位公子哥後來又和我說了些什麼，我是一丁點兒也沒有聽進去。

蔓茉莉被燒之前我時常會想，即使像我這樣的小人物，檔案室裡也會有一個小角落只屬於我，也許是抽屜裡的一層，或只是厚重文件夾裡的一頁，那裡記錄了與我相關的種種信息，比如生卒年月，婚遷子嗣，再比如我爹媽是誰，我爹媽的爹媽是誰。如此這般，我想即使是回溯X市建市之初的人口檔案也不是一件難事。

如你所知的，在那場大火之前，我的少年時代是和外婆一起的，但外婆從不和我提及外公，每次我問起外公在哪，她就眉頭一皺，作勢要來抽我這個小潑皮。我雖然什麼也不懂，但能感覺到外婆並不希望我提起外公，因此我從小有個願望（只是無數願望裡的一個），等自己長大了先考個公務員，再去蔓茉莉好好查下家譜，我堅信即使不通過外婆我也能知道外公是誰，他從哪裡來又到了哪裡去。後來外婆過了世，我也沒有機會繼續讀書深造去考公務員。再後來我慢慢明白，即使我繼續讀書，那些能查看蔓茉莉檔案的職位也根本不是像我這樣毫無背景的人能考上的。如今蔓茉莉被燒了，所有的檔案都付之一炬，如果蔓茉莉裡的檔案是人們用來尋根並被官方承認的唯一途徑，那麼理論上此時的我和X市的其他人一樣——我們都成了無根的浮萍，這麼一想，我倒是有一種如釋重負的感覺。

大鬍子在上吊之前和我說起過革命黨人的組織架構，他還說現任政府是邪惡的，革命黨人的事業是偉大光榮的。我問他爲什麼現任政府是邪惡的，我自覺每天過得都還不錯，在鞋店裡給老闆打打工，一日三餐餓不著，想著隔些日子就能和店裡的女幫工或是前來買鞋的女人調調情（我當然沒有明說），生活倒也挺有盼頭。他轉而說起了什麼現任政府行政效率低下，是非觀念不分，主體意識操控大於民意之類的話，我是一句都聽不懂。後來我問他如果革命黨人推翻了現任政府，這一切問題是不是都會引刃而解。大鬍子說那倒也不一定，不過人民肯定會更有盼頭。

聽到這話我有些不開心，我覺得總不能爲著一件不那麼確定的事，就讓人們拋頭顱灑熱血地鬧革命，畢竟誰來代表人民還有待爭議。我的生活本來就挺有盼頭，換成革命黨人當政，我的生活就能更有盼頭嗎？大鬍子表示他也理解，在一個壓抑的環境裡，大家只求明哲保身就好，只要政府不觸眾怒，大家總不會聯合起來搞事情。其實對這一點我一直很好奇，政策制定者是怎麼一拍腦袋就搞出了一個紅色通緝令？超生這種芝麻粒大小的事，哪裡輪得到如此興師動眾。但我轉念一想，其實也沒有那麼難以理解——這個世界上既有我這種折中派（之於吃不吃胡蘿蔔），也有數不清的原教旨主義者（之於不超生的傳統文化）。後來大鬍子嫌我的覺悟太低，就把話題岔開，和我聊起革命黨領袖們的日常生活，對於這我倒是很有興致。

我覺得大鬍子一直很開朗，至少在我和他認識的最初幾週，他總是在夜裡噓噓一聲把我召喚到囚室的圍欄前，然後開始和我天南海北地胡吹。要是你當時和我說他不久之後就會爬到天花板上用及腰的長鬍子上吊，我是一點兒也不會相信的。

據我有限地走訪和從別人那裡聽來的消息，關押我的監獄是一個總佔地面積不小於一百畝的建築群，目所能及處都是灰色和白色占主導的四方形混凝土建築，東南方是高牆圍起的操場，東北方是一座囚室樓（裡面一般關押著普通的囚犯），西南方是獄卒職工樓，其中第一層用來羈押特殊犯人（比如革命黨人以便隨時受審），西北方則是生產車間。除了操場之外的三棟建築之間兩兩相連，有三座天橋和三個地下通道。地下通道用得人少，特殊時期也沒人打理，聽說裡面已經成了耗子窩，我至今沒有去過，所以也不好多加描述。

如果你沒記錯，我之前是被當作特殊犯人關在獄卒職工樓的第一層，每天被下派駐紮在監獄裡的紅衣太保提審，我肚子裡本沒有什麼上檔次的壞水，實在供不出革命黨人的陰謀詭計。紅衣太保讓我說自己為什麼加入革命黨，我當然說不上來，只能強調是他們抓錯了人。如此一來二去，他們覺得我實在是無聊得很。蔓茉莉被燒了，我說什麼他們都沒有對證，這可要了我的小命。我還記得他們第一天就問我有幾個兄弟姐妹，我說一個也沒有。他們當然不信，就打我。他們一打我，我就說有。他們一聽我說有就不打我了。

每次審問我的都是兩個紅衣太保，一個胖的一個瘦的，兩人總是一個記錄我的供詞，一個拿皮鞭準備隨時伺候我。起初都是瘦的紅衣太保記供詞，胖的抽我，我屈打成招以後胖的紅衣太保氣喘吁籲地放下皮鞭，瘦的紅衣太保就在一旁問我他們姓甚名誰。我又說小的我真沒有兄弟姐妹。胖的紅衣太保二話不說就又拿起皮鞭來抽我。如此這般來來去去個三五回，胖瘦二人組就得輪個班（抽人鞭子對於胖子來說是個體力活），改成瘦的紅衣太保抽我，胖的紅衣太保記供詞。

長此以往，胖瘦二人組都覺得我這人屢教不改。這讓我覺得很滑稽，因為屢教不改是說我頑固，但是每次他們用皮鞭抽我沒幾下，我就改口，這在我看來怎麼也不能算是屢教不改，算是「逢教必改」倒還說得過去。當然，他們一旦停下來不抽我，我就堅持自己本沒有兄弟姐妹的事實，所以每次審訊我的時候，他們都會一邊咒罵著「屢教不改的狗東西」，一邊抽抽停停。

這件事讓我明白了在常用語的使用過程中總是存在著一個語義上的模糊，比如在「屢教不改」這個詞的用法中，紅衣太保們會對我是否招供附加一個隱形的時間條件，而這個時間既不能太短（像我在挨抽的時候那樣「逢教必改」），也不能太長（像我在沒挨抽的時候那樣「頑固不化」）；這就涉及到作爲犯人的我能不能準確地揣摩胖瘦紅衣太保的想法，而客觀眞理（即我因教而改的頻率）倒顯得不那麼重要了。我當然不傻，之前一再堅稱我沒有兄弟姐妹是因爲客觀眞理，而一旦我想通了這其中的緣由，即使他們讓我有七個兄弟姐妹也未嘗不可，畢竟蔓茉莉被燒了，他們一時半會兒也查不出個頭緒。

頻繁審訊半年後，我和已經癡呆了的大鬍子從獄卒職工樓的第一層搬去了東北方的囚室樓，這說明我和大鬍子已經不特殊了。如你先前所知的，在囚室樓裡我和大鬍子加入了頗有實力的「去胡蘿蔔幫」，而在那次監獄暴動過後，所有囚犯都被處罰一週的禁閉，這可急壞了生產車間的頭頭。

爲響應生產號召，這所監獄每年要向外產出數百噸的大理石雕塑，眼看工期交付將至，典獄長下達的禁閉對於生產車間主管來說顯然太過嚴苛。兩方一會面，商量了一個折中的方案，即保留禁閉一周的大方針不變，對於在生產車間有任務沒完成的犯人在政策實施上給與適當的彈性（需要在指定的時間被押送至生產車間作工，幹完活再繼續執行禁閉）。我和大鬍子所在的大理石研磨組任務繁重，平時我們都為此叫苦不迭，此時卻如獲至寶，這樣一來，我們在禁閉期間就可以多待在生產車間，而不是身處逼仄陰暗的囚室，並時刻反思作為「去胡蘿蔔幫」成員在政治上的不正確性。

如果你有幸參觀這座由鋼筋和混凝土澆灌的建築群，就會發現「外界」這個概念對於囚犯來說幾乎是不存在的：只有監獄工作人員的辦公室有朝向監獄之外的窗戶，而東南方的操場四周又矗立著十來米的高牆。在這個建築群之內，唯一可以讓犯人看到外界的地方就是橫跨在生產車間、囚室樓和獄卒職工樓之間的三座天橋。

從獄卒職工樓通往生產車間的天橋，我們走得最為頻繁，大家一般稱其代號為B橋，有一百來米長，四五米寬，離地差不多五層樓高，路面用瓷磚鋪砌。聽一起幹活的獄友說原先橋兩邊的護欄只有半人高，由鐵絲網織成，是個半開放的空間，後來出了事（一個傢伙被幾個仇家合力推下天橋，腦袋摔開了花），監獄方面就在天橋鐵絲網兩邊再裝上半弧形的鋼化玻璃，這樣一來再也沒人會摔下天橋。

像加裝鋼化玻璃這樣的被動保護措施顯然不可能根絕獄中的暴力事件，這些暴力案件中有些是群體性事件（諸如吃胡蘿蔔幫和去胡蘿蔔幫之間的紛爭），但更多的則是小團伙作案。最讓我氣憤的是，這種小團伙暴力事件只要沒出人命，獄卒根本不會多加追究。類似的事件發生多了，久而久之，大家也都習慣了，所以說不僅要在監獄外面搞好人際關係，多交朋友少樹敵，進了牢房也是如此，因爲上頭雖然嘴上說著會罩住我們這些人，一旦實際操作起來卻又會是另一番樣子。當我明白牆裡牆外都遵循著同一套規則之後，倒是越發覺得監獄裡的生活其實也不是那麼難以忍受。

通常情況下，當獄卒押送我們去生產車間幹活的時候，大夥兒都會顯得很不情願，一副無精打采的模樣，我們都明白在監獄裡做工，幹得是出賣體力又拿不到錢的活，沒有相應的獎懲機制，即使哪個人幹活不出力，到了午餐期間該他吃的飯菜一份也不會少。如此一來，做工的時候能偷工減料的話我們這些人絕不會多做一絲一毫。這裡要加以註明的是大鬍子自打上吊不成從房頂上跌下來以後，腦子就一直不太好使，但他的身手卻沒什麼問題（除了止不住地流涎水），要不然上面也不會分配他到生產車間幹活。

在被關禁閉的那一週裡，獄卒押送我們去生產車間的時候，大家都一反常態的步履輕快，畢竟誰都不想整天呆在死氣沉沉的囚室裡。一般來說，領頭和殿後的獄卒在人數上遠不及我們這一群窩在中間的囚犯。往返在路上的時候我就時不時會想，除了用以限制活動的手銬和腳鐐，以及獄卒手中的電棍，是什麼讓我們這一幫烏合之眾安之若素地聽命於獄卒的調遣，甚至是來自他們的呵斥和欺凌。與此同時我思來想去，也無法明白爲什麼我所聽到的小團體暴力事件中，沒有一件是針對獄卒，卻都是針對同爲淪落人的獄友。我很希望把自己的所思所想跟大鬍子分享，但看著身邊這個流著涎水滿臉血痂的人，我明白那個頗有見地的大鬍子已經不在了，因此我一時間也想不到還能和誰去說。

最初大鬍子並不在研磨組，而是被分配到了和稀泥組，一般都是三五個人推著石磨把泥水和勻，這時候獄卒會拿著電棍在一旁監管，但幹完活集體去澡堂沖洗泥漬的時候，獄卒就不會插手期間。我猜測大鬍子就因爲講話口齒不清又時而流涎水，而總被其他人欺負——每次他從生產車間回來，我都能看到他身上青一塊紫一塊。作爲大鬍子實質上的監護人，我問他發生了什麼，他又只會歪著頭傻兮兮地笑著不說話，後來我向上面打報告申請把大鬍子調到研磨組，這樣我好照顧他，也免得他在車間裡闖出什麼禍來，車間管理層倒是沒什麼異議，很快就批准了大鬍子的車間調動。

我在車間裡負責打磨人形雕塑的頭部。在一般的雕刻作坊裡，人形雕塑頭部的打磨都由工藝最精湛的師傅完成，因爲稍微一絲疏忽就可以毀掉人物五官所要傳達的神態。舉個例子，雕塑眉毛的弧度很大程度上決定了雕塑展現給觀者的氣勢，眉梢弧度太高顯得輕佻，弧度太低顯得低沉。在我們的生產車間裡，顯然沒有這樣資深的師傅，車間主任覺得我之前有製鞋的經驗，算是這群囚犯中最有手藝的匠人，就委我以重任。

我也算是不負重托，自從我接手打磨雕塑頭部的任務之後，我們車間的良品率上升了十幾個百分點，車間主任對我的職業態度和打磨手藝很是欣賞，大鬍子能順利調到研磨組也與這個車間主任在其中的幫助不無關係，不過他大概也沒有預料到大鬍子幹活的勁頭十足，原先分配給兩個人的活大鬍子一個人就能做完。如你之前所知道的，在車間裡幹活大家都是磨洋工，能出五分力幹個一週，絕不出七分力幹個五天。和大鬍子一起在研磨組工作後，我明白了爲什麼和稀泥組的那些人要在澡堂裡毆打大鬍子。如果不是我在他身邊，研磨組的人或許也要組成小團伙對勤勉而不知疲倦的大鬍子實施定點打擊。

關禁閉的最後一天傍晚，我們結束了一天的勞作從生產車間走回東北方的囚室樓，眼看著禁閉就要結束，大伙的心情都非常好，我特意站在隊伍的外層透透氣。押送我們的獄卒分兩撥人，走在隊伍前列的一個獄卒穿著一雙很時尚的布絨牛皮鞋，如果不是在這監獄裡，我倒想上前問問他在哪裡買的鞋（或許就出自我做工的那家鞋店也說不準）。

盯著那雙款式新潮的皮鞋，我突然回想起自己半年前從家離開去鞋店的那個上午，我就穿著從店裡順出來的一雙布絨牛皮鞋，正準備厚著臉皮去和老闆討要工錢以備時局動蕩之需。那時候我總覺得腳底下有什麼不對勁，一直想脫下鞋去檢查，後來如你所知的，我被紅衣太保和白毛紅爪貓在廣場上無緣無故地批捕了。那雙惱人的鞋子也在我入獄後被沒收上去充了公。盯著獄卒腳底下的皮鞋，我一下子想起了那雙被我順走的布絨牛皮鞋。

那是一雙被退過貨的鞋。我清晰地記得那個來退貨的男人，他辦理退貨手續的時候正是我在值班。那個男人生著一張窄而苦大仇深的臉，留著一小撮山羊鬍，走起路來一瘸一拐。對於這樣的客人我一般都過目不忘，而在此之前我對他沒有任何印象（只能說明他顯然不是我們店的常客）。

他一進門就直奔我而來，說要找我們店主商量退貨。我告訴他店主現在不在店裡，而且退貨不需要勞煩店主，只要出示購物發票，經我們檢查後鞋子沒有什麼人爲損壞即可辦理退貨。他顯得有些狐疑，說他可以等店主回來再辦理退貨。我問他爲什麼，他說是店主當時推薦他買的鞋，他要當面和我們店主評評理。遇到如此執拗的顧客，我通常都會把他們晾在一邊容他們自行冷靜一會兒，多數時候他們都會識趣地接受其他的解決方案。接下來的幾個鐘頭我只顧著招待其他進店的顧客，那個要退貨的男人時而在店內的櫥窗前凝視，時而又抱頭坐在試鞋座椅上，顯得有些不耐煩。臨近關門的時候，他決心放棄了，就走過來把鞋盒給我，說務必要和我們店主說他來退了鞋。

我檢查了下他要退的那雙布絨牛皮鞋，鞋的內側縫合處有線頭崩開和重新縫合過的痕跡，想必是把新鞋穿得磨損了又想方設法找茬來退貨。這樣的顧客雖說不算多，但我也遇到過好幾個，都不是常客，聽說打一槍換一炮隔個幾年就能把全城的鞋店換個遍。我對這些人向來不多客氣，我跟他說這鞋沒法退，因爲補了的鞋沒法再賣給其他人。那男人面露一絲詫異隨即又鎮靜下來，擺了擺手說你拿著這鞋和店主說，他當時賣我的時候就是這樣的。我說不可能，我們從來不在擺置新鞋的地方賣顧客退回來的鞋，發票上分明寫著是新鞋，而新鞋不可能有人爲修補的內壁，所以這鞋我沒法把錢退你。那男人聽到我這一番話倒顯得很平靜，他沒有一再強調要拿回退款，只是說把鞋給我們店主，店主會把錢退給他的。我說我可不能保證，他擺了擺手說他晚上還要回X市的另一頭，下週再來找我們理論，就把鞋寄在我們的櫥櫃裡，一瘸一拐地走出了店鋪。我當時留了個心，那雙鞋的發票日期是二十五天前，我們的退款制度只有三十天，再往後我們是拒不退款的，更不用說這鞋本身就被人爲修補過。

後來我再也沒有見過這個來退款的男人。那雙鞋就一直放在櫥櫃深處，我想著反正老闆也不虧（退鞋的男人沒拿到退款）。那雙布絨牛皮鞋除了內壁上有些修補，其他都可以稱得上完美無缺，更別提這鞋造價不菲（零售價抵得上我大半個月的工資），我心裡尋思著如果再過一段時間還沒有動靜就把這雙鞋拿回家，待我跳槽去其他鞋店的時候再拿出來穿。後來老闆問或問過我有沒有人退了一雙布絨牛皮鞋，我當時已經把鞋拿回了家，便只好硬著頭皮矢口否認。他沒有證據，也拿我沒什麼辦法。半年後，蔓茉莉被燒沒多久我就被辭退了，而我被紅衣太保和白毛紅爪貓以革命黨人身份抓捕的時候，正穿著這雙布絨牛皮鞋走在討要合法工資的路上。現在回想起來，那時候腳上的不適感應該就是那處修補過的內壁硌著了腳背。

經過B橋的時候，我透過無色的鋼化玻璃朝遠處眺望，目所能及的地方有一大片綠化帶，有那麼一瞬間我像是回到了更早的年月裡，空氣中若有若無的植被清香令我有些出神，許多過去的畫面在我腦裡飛速地旋轉，白毛紅爪貓，紅衣太保，廣場上推擠的人群，硌腳的皮鞋，回家的小巷，病床上的外婆，夏日小巷裡的年輕女人，鎮定自若的大鬍子，月色下的鬍鬚，戴著圓底眼鏡的區委官員，食堂裡被踩得稀爛的胡蘿蔔丁，那個來退貨的男人，以及我的鞋店老闆。此刻傍晚的微風穿過橋兩邊的鋼化玻璃與鐵絲網，吹在人臉上涼颼颼的，無數的畫面和可能性正滲透扭曲著我的記憶，讓我頭疼不已。

望著已經走在前面的大鬍子，我知道自己有些落隊。他的背影在紅色斜陽的映照下顯得有些佝僂，但他的步點輕快，沒有顯出絲毫頹勢。我有些羨慕此時因無知無識而無憂無慮的大鬍子，他至少不會像我一樣爲了過去的事如此頭痛。大鬍子在快走到B橋盡頭的時候忽然停下腳步回頭張望，看見我以後他一個勁地笑，由於戴著手銬，他只能合起雙臂貼著耳梢，不停地揮舞示意我快趕過去，大鬍子生怕我看不見他落了隊，又是踮起腳尖又是跳。領頭的獄卒見狀，拿電棍輕敲了一下大鬍子的腦袋示意他放老實一些。大鬍子傻笑著抱住腦袋盯著我看，B橋上的這一幕讓此刻的我又想哭又想笑，我只好拿囚衣抹抹眼角，一路小跑追了上去。

十　祥和與無趣的對立面

翌日天還未亮，小衙役就從枕了一宿的門沿上起身，他看我也醒了（我幾乎一夜未眠），便招呼我從囚車上下來。他躡手躡腳地準備進屋收拾行裝，沒曾想老倆口早已起身悄悄把行李疊好了放在桌上，一旁還擺著冒出少許熱氣的乾糧。他們生怕吵醒了連日趕路的兒子，就安靜地坐在椅子上，此刻他們正仰頭靠在椅背上打瞌睡。小衙役向我作出噓的手勢，我會意地點點頭。即使我們倆小心翼翼地在屋內走動著，老倆口仍舊覺察出了這輕微的動靜，他們趕忙從座椅上起身，去後院替小衙役牽出馬匹，又張羅著給馬兒套上馬嚼子再繫上馬鞍。

跟爹娘在門口依依不捨地道別後，小衙役鎖好了囚車的木門，側身跨上馬背，自此馬兒拉著車，車兒再載著我，我們一行又踏上了去北平的路。我背對著馬屁股盤坐在囚車裡，從木質圍欄的縫隙之間向外看去，只見老倆口在藍色晨光的熹微中互相攙扶著，他們靠在傾斜乾裂的柴木門扉上，努力地伸長脖子踮著腳尖，朝漸行漸遠的我們張望。

古語說「父母在，不遠遊」，我想此時的小衙役或許還不能明白這點。天下父母對孩子的牽掛大多如此，只可惜我的父母過世得早，寄宿在村里親戚和朋友家的時候，我對此也沒有很深的體會（大家對我都是放養）。我的少年時代雖說缺少了至親的惦記，倒是因此多了好些自由，那份沉甸甸的子女責任對我來說從未存在過，我自己也不知道這到底是好還是壞。

出發不多時，小衙役朝思暮想的家就被我們遠遠地甩在了身後。茶園在這座山的南面，我們尋著蜿蜒崎嶇的小路朝北走，道路兩旁僅有的枯樹與蕭瑟的灌木叢被晨風吹得簌簌作響，山路幾轉過後，我們身後的景致就再也不見了踪影。如同被淡墨潑灑過的天空在不遠處的東方漸漸泛起了魚肚白，此時對面山間的農舍裡也終於傳來了第一聲雞鳴。

小衙役一路上頭也不回地騎著馬匹往前走，快到半山腰的時候，他哇的一聲哭了出來。沒有了掛念著的茶花女，又要再度離家遠行，小衙役此時此刻的心情我能夠理解，但盤坐在囚車裡的我實在不知道該怎麼安慰他，我只好問他要不要停下來歇歇腳。他抹抹眼淚搖了搖頭，說現在不能歇息，他又說要不是今天路遠，也不必這麼一大早離家，如果我們不能設法在天黑前趕到下一個驛站，就得在山下那片盜匪頻頻出沒的地方露宿。

我嘆了口氣沒有接他的話，冬日清晨的萬籟俱寂下只有馬蹄子踏在土路上發出的咚咚聲響。沉默半晌後，小衙役的心情漸漸得以平復，他在顛簸的馬背上側著身子對我說，這趟押送我去北平，一路上途經的重鎮要塞和草莽山林，不是兵戈火燒，就是劫匪橫行，不知道何時才能有機會再回家見年邁的爹娘。小衙役的話裡雖然滿是擔憂，但我見他心情有了些許好轉，就和他打趣，我說如果咱們不能按時抵達北平，你現在想的都是白操心。他被我這一席話逗樂了，「要是我們到了北平，你可就要挨刀子了！」

他本意是激我不要挖苦他，沒想到我接著他的話就說自己早已認了命，因爲不懼刀剮是革命黨人應有的覺悟。這樣聽起來著實有些可笑，但是對於此刻的我來說，如果注定躲不過即將到來的午門斬首，倒不如喬裝打扮成大義凜然的俠士，一來因爲我的內心裡仍有英雄主義情節在作祟，二來也好讓小衙役在餘下的時日裡對我多一份敬重。至於我是不是革命黨人，到底懼不懼砍頭，在這種時候反倒顯得不那麼重要了。

自被欽差大老爺判刑到如今，午門斬首在我看來仍舊像是一件十分遙遠的事。雖然一時半會兒顯不出什麼淫威，卻又始終絲絲連連地影響著我，更要命的是如同鬼魅般倏忽而至的心悸在很多個夜晚困擾著我，讓我不得好眠。每當我和小衙役說起這個，他總會說我好歹白天在囚車上可以打盹，睡眠的總量肯定沒什麼增減，相比於他白天騎馬駕車，晚上還要擔驚受怕無法入眠，我的倒也不算是個苦差事。

經小衙役這麼一說，我頓時有些心疼他，這一路上他對我照顧有加，每次進城開葷的時候，他都會給我捎帶菜點；路上遇到特別的風景，如果不是急著非要趕路，他也樂意停下馬車駐足休息三兩個鐘頭。總而言之，我對小衙役即將把我押去午門斬首沒有絲毫的怨言，出於同樣的理由，我也並不怨恨給我判刑的欽差大老爺，畢竟本質上來說他和小衙役一樣，都只是在履行自己的公職而已。如果有人非要在判我去午門斬首這件事上刨根問底，妄圖揪出我怨恨誰，而誰又是我的敵人，我倒會覺得這人有些唐突可笑，逼急了搞不好會脫口而出「我誰也不恨」，「我沒有敵人」之類的話來堵住他的嘴以求個耳根清淨。

離開茶山後的某一個凌晨，我和小衙役正下榻在郊外的一間驛站。說來也奇怪，我像往常一樣窩在囚車裡做夢，有一位身穿白衣的女人悄聲推開驛站馬廄的門扉，翩然走近我的囚車。她將手伸進囚車裡把我搖醒，從夢中驚醒的我還沒回過神來，她就拿掌尖輕輕按住我的嘴唇，示意我不要驚慌發聲。

白衣女人的手纖纖動人，指尖的皮膚細膩而冰涼，像棱角圓潤的寒玉貼在嘴邊，這感覺既讓人清醒又讓人迷醉。我正納悶她從哪裡翻進了這無人問津的馬廄，她忽地就掀起了拖在地上的白衣裙擺，那雙裸露在外的小腿細長而優美，在月光的映照下彷彿打了蠟一般通透光滑。白衣女人顯然注意到了我疑惑的眼神，她掩面淺笑，緊接著來到我的身前，如同變魔術一般打開了囚車的銅鎖。她挽住我的手，翻身站到了囚車上，我裹著囚車裡有些髒亂的被絮，起身與她並肩而立。

我問她是不是來救我的革命黨人，白衣女人捂著嘴笑，只是搖頭而不說話。她默默地給我打開了手銬又俯下身子去解我的腳鐐，她的一頭烏髮此刻正鋪散在背脊和肩的兩側，在穿過馬棚茅草的斑駁月影下顯得像絲綢一般順滑，我不由得伸出手去觸摸那縷縷髮絲，白衣女人只是輕輕地低吟一聲並沒有反抗。待她還未起身的時候，不知出於什麼原因，我鼓足了勇氣跪在地上將她一把抱住，央求她帶我逃離被午門斬首的命運。她微微地點了點頭，順勢屈腿坐下。

過了一會兒，她將頭靜靜地抵在我的肩膀上，皂莢香氣自她的髮梢悠悠地飄入我的鼻腔，沖淡了之前馬棚裡令人作嘔的馬糞氣味，我像個行將窒息的人一般大口喘息著痛哭流涕。她輕柔地撫摸著我的額頭讓我不要害怕，寒夜裡我們互相依偎著，後來在疲乏與睏意的驅使下我像個依偎在母親懷裡的孩子般再度睡去。

第二天一早醒來，我四下環顧，白衣女人早已不見了踪影，但囚車上的銅鎖依然完好如初，只有在一旁嚼著乾草的馬兒瞪著無辜的大眼睛，彷彿在嘲笑昨夜多情的人兒。如同分不清朦朧的過去一般，我對白衣女人的印象也好似浮沉在水面上的秋日楓葉，在夢境與現實的模糊地帶之間徘徊不定。還沒容我多想，小衙役便推門而入，他照例遞給我兩個饅頭一壺水，又牽出了馬匹套住了囚車，匆匆忙忙間我們就又開啓了新一天的旅程。

之後的幾天，我和小衙役沿著皖北一條狹長的山谷前往豫魯之地，古道兩邊巍聳的峭壁上時不時有石屑砂礫自高處滾下，我們在其間小心翼翼地行車。馬兒倒還算鎮定，只是時不時用馬尾驅打吸附在身上的蠅蟲，讓這些可憐的小東西們在寒風中瑟瑟發抖，只能嚶嚶地惱怒著叫喚個不停。

小衙役跟我說這山谷是進京的要道，前人千百年間不斷踏足於此。我問小衙役詩人騷客貶謫升遷是否都途經此地，小衙役說他也不知道，先前他問驛站老闆的時候人家就只和他說這是去北平的必經之路，商賈信使延尋的舊道多不會有變，至於詩人騷客那他就一概不知了。我問他當真不知道什麼大詩人，他噗嗤一笑，說只知道寫床前明月光的李白。

我跟小衙役說自己很喜歡這條古道。他有些納悶，說這破地方光禿禿黃蔫蔫的，一點生氣都沒有，要不是進京路上非得走這條路，他才不願意踏足此地呢。我叫小衙役低頭看路面，那裡有難以計數的白色石子，這些石子深深地嵌進黃土地裡，經年累月的馬蹄和車軲轆碾踏把它們打磨得圓潤無比，像極了鑲在壁畫裡的珍珠，斑駁又富有歷史感。

我跟小衙役感嘆路上石子排列的美感，他在馬背上回頭斜了我一眼，不用說我也知道他覺得我腦子有病。歷史感這詞很虛，很顯然，小衙役能欣賞大好河山的壯美，但是卻沒法理解這古道滄桑的厚重。我沒有和他明說，但一想到在此之前的千百年裡，那麼多有識之士在進京又或是離京途中與我踏著同一條窄路，見著同樣的絕壁，懷著或多或少類似的壯志和愁思，歷史沉重的喜怒哀樂都在這狹窄的古道間緩緩鋪陳開，而這些石子和黃泥正是這一切的見證者。思緒至此，我忽地由心底生出一種與有榮焉的感觸，並情不自禁地醉心其中。

行走在峭壁間不久，古道漸漸變寬的同時，我們左手邊的峭壁一下子向西邊延展開，第三面峭壁從斜地裡兀自向東北伸出，三面峭壁由此形成了「丁」字型的谷地，本應自西邊兩面峭壁之間流出的淮河水（地界碑上刻著歪歪斜斜的「淮河」二字）此刻正被牢牢地冰封著。

自這山川匯合之地再往前走個把鐘頭，河灘的潤色代替了谷地的單調乏味，若是在初春時節再途經此地，目所能及處定是一番草長鶯飛，鳥語花香的勃勃生機。而此時冬季的淮河結著厚厚的冰，岸邊的垂柳不再有細葉點綴其間，光禿禿的黯綠色柳枝垂到地上，有如綿軟打結的布條，沒了往日的神氣，它們中的好些不滿癱在無趣的河灘上，而是調皮地垂進臨岸的河水裡，再依著昇華上來的水汽與結冰的河面連為一體，活像根亮晶晶的冰棍，在太陽的照耀下折射著五彩的光澤。

正午休息的時候，我向小衙役提議給我在路邊折一段沒結冰的柳枝。他問我要這做什麼。我說這樣我在囚車裡也能拿著它抽馬屁股，我抽它的左屁股瓣兒它就往左走，抽它的右屁股瓣兒它就往右走。小衙役不相信，說馬兒怎麼可能聽我的。我說不信可以讓我試一下，說罷他下車給我就近折了一段兩尺來長的柳枝，讓我演示給他看。我搓掉柳枝上的碎冰晶，輕抽了一下馬兒的左屁股瓣，馬兒哼了一聲，乖乖地朝左邁了幾步，我又抽了一下馬兒的右屁股瓣，馬兒甩了甩尾巴，乖乖地朝右又邁了幾步。小衙役見狀嘖嘖稱奇，我跟他解釋說自己每天和馬兒睡一個棚，日子久了早就培養出了感情，互相之間有了信任，做什麼都心有靈犀一點通。

「這樣你先在馬鞍上繫個鎖帶，即使犯睏睡著了，人也會被固定在馬鞍上不至於墜下馬。你晚上睡不好的時候跟我說一聲，我呢，就這樣揮舞著柳枝在囚車裡幫你驅馬，你看怎麼樣？」我向他解釋道。

小衙役聽罷捂著嘴笑，說我真是爲他操碎了心。我說這可不是瞎操心，他要是墜馬落下個什麼三長兩短，我又被鎖在囚車裡沒法施援，即使隨後被路人發現得救，押送我去北平的差事可就得換給別人，誰能保證新換的衙役不會欺負折磨我（這在長途押送犯人的過程中時有發生）。再說了，亂世裡人心惶惶，能像小衙役這樣開葷不忘囚中人的善良公差一定不多，我這是爲自己的食宿安危考慮，怎麼能算是瞎操心。小衙役聽完我誇他，難掩羞澀，他擺擺手叫我快住嘴，他讓我自己先存好柳枝，至於之後用不用得到，他還得再思量思量。隨後他將馬車拴在一棵離岸較遠的柳樹椿上，自己背靠在樹根處午睡打盹兒。

晌午過後，我們剛走出谷底沒多久，路邊放哨的兩個官兵就將我和小衙役在路中央截住。我從沒見過這架勢，定睛一看，百十名官兵齊齊站在路邊的涼亭旁，面露兇色，而一個長著絡腮鬍子的軍官正翹著二郎腿坐在涼亭裡的石椅上。

小衙役不明所以，慌忙從包裹裡找出欽差大老爺簽發的判文，遞給攔路的兩個官兵，他們把我和小衙役自上到下仔仔細細地打量了一番，隨後由其中一人把判文呈給了涼亭裡的軍官。只見軍官和他小聲嘀咕了一會兒，那個官兵便一路小跑回來，他對我們揮了揮手，說因爲和革命叛軍的戰情愈發緊張，這條由南向北進京的必經之路現已完全被封，必須得另尋他徑，說罷他把判文還給了小衙役。小衙役沒轍，只能壓低聲音詢問官兵大哥附近哪裡有小路可走，官兵向他不耐煩地隔空比劃了一下，小衙役點頭哈腰的道謝仍舊免不了被呵斥。我很是看不慣他們這副官僚嘴臉，臨行前朝地上吐了口唾沫，放哨的官兵見狀想衝上來揪住我一頓打，小衙役拿著鞭子二話沒說對著馬屁股好一頓抽，馬兒藉此撒歡，馱著囚車一路朝前狂奔。不多時，那兩個氣急敗壞的官兵就在我們身後消失得無影無踪。

傍晚的天色依著落日的餘暉映出紅通通的晚霞，而冬季的太陽只需一杜香的功夫就已沉到西山下。小衙役和我趕在這最後一點光亮還未完全消弭前走上了一條無人踏足的小徑，幾番輾轉之後，我們來到了一片廣闊而未經開墾的原野之上。小衙役有些著急，如果入夜之前還沒有找到可供暫住的客舍人家，我們就只好露宿野外。

廣袤無垠的平地在我們四周延展開，此時就著不多的微光，我們放眼望去，遠處只有山巒屏障此起彼伏，沒有一絲一毫的人煙。這條備選路線從未在小衙役的計劃之內，因此他對接下來的行程一無所知，他既不知道往前走多久會有酒社驛站，也不知道附近有沒有山野劫匪出沒，甚至連這片地區的名字他都一概不知。他只能不斷加快頻率抽著馬鞭，而馬兒也只好茫然地載著小衙役和囚車上的我一路向北。

完全入夜後的平原上伸手不見五指，小衙役突然大喊一聲「快看有火」。我尋聲望過去，離我們不遠的一塊高地上正有一處忽明忽暗的火光在閃爍。我低聲對小衙役說那火光很可能是山匪聚會，我們切不可得意太早。小衙役深以爲然，他即刻意識到騎馬動靜太大，便下馬改換步行向這簇火堆走去，他同時緊緊地攥著馬鞍，以便在發覺形勢不妙時翻身上馬逃之大吉。

待我們走近才發現那是一處類似哨崗的石頭建築，由齊人高的石塊堆砌而成，只是經年累月的風沙侵蝕和雨水沖淋讓其破敗不堪，屋頂早已塌陷，任由墜落的石塊累在屋內一角。透過石壁間的縫隙向裡看，一團忽明忽暗的火苗正被漏進屋來的北風吹得搖曳不斷。

與我和小衙役先前所想的不同，圍坐在火堆旁的不是什麼彪形大漢，而是幾個身段柔弱的女子，她們一身白衣素縞圍坐在火堆旁有說有笑。小衙役見此景頓時放下了戒心，低聲和我說這些女人肯定不會是山野劫匪，我們大可不必擔心人身安危，說罷他就準備進屋和人打招呼。我在囚車裡拿早先折來的柳枝趕緊戳了一下小衙役，我和他說凡事小心為妙，咱們可以先把馬兒拴好，再藏於暗處聽聽她們在談什麼，這動亂年頭女子未必就不是悍匪，要是她們幾個人聯合起來對付你我，我們還真不見得有什麼辦法，更何況我還被困在這囚車裡不好施展拳腳。

小衙役點頭認可，他把馬兒連同囚車拴在臨近的一處巨石上，給我開了囚車的鎖（當然沒有給我解腳鐐和手銬），讓我下車同他一道去聽聽這些女子之間的談話。在囚車裡悶了一天，終於能下車疏通筋骨，我自然很是樂意。

還未等我們折回石屋窺探個大概，便聽見屋內傳來高亢的女聲，「偷聽女人家談話可是大丈夫？」我和小衙役被這突如其來的詰問弄得不知所措，只好假裝自己不是那女人責難的對象，一陣尷尬的沉默過後，另一個音色稍微尖細些的女聲讓我和小衙役別再鬼鬼祟祟地躲在門外，「我們在屋內看得一清二楚，看你倆倒不像是什麼壞人，快，進來火堆前烤烤火總好過躲在外面喝西北風！」

我和小衙役見狀只好進屋賠了不是。依仗著屋內的火光，我才看清這屋內一共有四個女人，個個笑靨如花，風韻非常。有著高亢女聲的女人假裝嗔怒地問我和小衙役大晚上來這荒郊野嶺的地兒做什麼，是否要圖謀不軌。小衙役趕忙擺手否認，他還在爲自己之前的偷窺行爲感到汗顏內疚，就一五一十地跟女人們講了我們來此地的經過，從自己肩負著押送我去北平的重任講到途遇官兵擋道只好另尋他路，再講到我們在這荒野上幾經輾轉直到天黑才不得已來打攪她們。

那女人聽後轉頭問我，「這麼說你是革命黨人咯？」我剛想搖頭，但轉念一想，跟這些女人們說自己不是革命黨人，只會被當作是個傻兮兮的倒霉蛋，於我來說沒有絲毫的好處，倒不如將錯就錯堅稱自己是個先進的革命分子，所以我鄭重其事地點了點頭。

在不到一剎那的時間裡，我已經想好了待會兒如何應付她們對於我革命黨人身份的好奇心，從我爲什麼加入革命黨軍，到爲什麼被捕，再到革命黨人之間的趣聞軼事，我的思緒飛速旋轉著，在各個我有所耳聞卻從未體驗過的章節之間連接出一幅絢麗多彩的革命黨人生活圖景。可出乎我意料的是，這些個女人聽聞我的確是個革命黨人之後並沒有顯出特別的興趣，反倒是先前沒說過話的一個女人小聲嘀咕了一句，「好好的生活不過，革什麼命？」

我頓覺有些失落，那個聲音高亢的女人見我面露不悅後打起了圓場，說些什麼遠到都是客，哪管他什麼革命黨不革命黨。我尷尬地笑了兩聲，就和小衙役一塊坐下烤火，以求驅走奔波一天沾惹的滿身寒氣。

自我們進屋以來，四位姑娘中面容最是姣好的那位就一言不發，她的面色在火光的映照下越發紅潤，兩彎淺眉像是勾在天邊的月輪，她只靜靜地坐在火堆旁。小衙役的眼神時不時地向她望過去，偶然間那女子瞥見了小衙役穿過火光落在自己身上的熱切眼神，她沒有絲毫的羞澀，迎著小衙役的目光回報以大大咧咧的對視，倒是小衙役發覺他注視的人兒此時也在盯著自己看，臉刷地一下就紅了。

「姐，你們四人在這地方做什麼？」小衙役緊挨著那個尖嗓子的女人，他搓著手掌哈著氣想緩解方才的尷尬。

尖嗓子女人苦笑了一聲，說還能爲啥，爲男人唄！她見小衙役和我面露不解，猶豫了一下便接著說了下去。原來她們四姐妹命衰，都在今年喪了夫。「也不知我們姐妹四個能不能熬過這個冬天。」說罷這番話，她以袖掩面，只聽嗚咽聲斷斷續續傳來。我和小衙役被這突如其來的變故弄得手足無措，想到沒什麼法子去安慰這幾個喪了夫的女人，我們只好深深地嘆了口氣以表遺憾。

見小衙役稚氣未脫，又緊鎖著眉頭作出意欲爲她們四姐妹分擔喪夫痛苦的神情，那個面容最是姣好的女子不禁笑出了聲，她輕拍了一下坐在她身旁仍掩面抽噎的尖嗓子女人，「姐，快別再拿人開玩笑了！」待尖嗓子女人放下袖子面露竊喜，我和小衙役才眞的相信剛才的一幕只是惡作劇。

見此景，我假裝嗔怒地對那尖嗓子女人說，拿喪夫開玩笑怕是大大的不妥，沒有結婚的女人說這話姑且只是不吉利，若是家中還有丈夫健在，這麼說可眞算是鐵石心腸了。那個對我革命黨人身份不滿的女子將還未充分燃燒的木柴向火堆中心撥了撥，她悠悠地對我和小衙役說之前那個尖嗓子女人說的話不假，她們姐妹四個的丈夫的的確確剛過世，說罷那女人從隨身的行裝中翻出一頂白色的孝冠給我們看，她說她們此次結伴離家正是要去北平尋夫。

聽到這我有些困惑，她們才說不久前統統喪了夫，這會兒又說結伴去北平尋夫，此時石壁外的北風仍在呼呼地吹著，我生怕自己聽錯了，趕忙問她們尋的到底是什麼夫。聲音高亢的女人白了我一眼，說當然是尋她們各自的夫君了。我說他們難道不是剛剛過世？那個面容姣好的女子突然面露慍色，她咬著嘴唇說這些臭男人自己在外逍遙，卻讓她們獨守空閨在家披麻戴孝，哪裡來的公平！

之後這四個女人你一言我一語，把她們進京尋夫的計劃和緣由說給我和小衙役聽。原來她們四人都來自浙南的一座小城，相互間卻並不熟識，在他們那裡男人興外出做生意，女人就帶孩子打點家務。結婚這幾年四人的丈夫一直在北平經商，每年過春節前都會帶回一年的日用和足夠的錢財，四人結婚不多時，膝下也都還無子嗣。眼看著今年春節臨近，她們卻陸續收到各自丈夫的遺書，連同遺書一併寄來的還有同行囑託用來作衣冠塚的行裝。起初她們悲慟萬分，白天麻木地操辦著喪事，晚上默默地躲在閨房裡抹淚，一想到自己要在今後漫長的歲月裡依著鄉俗守寡，她們的雙腿就如灌了鉛一般挪不開步子。

一次偶然的機會，四人正在棺材店裡爲各自的男人採購棺木，面面相覷之間似乎有無形的絲線牽動著她們對彼此袒露胸襟，多年來積攢的鬱鬱不得和處境的相似讓四位姐妹們相逢恨晚。她們放下眼前迫在眉睫的喪葬事宜以及多如牛毛的繁文縟節，沒日沒夜地聚在閨中談天說地。商量幾天後她們便決定四家合辦葬禮，這樣既減輕了各自的負擔又能做些不那麼循規蹈矩的事來震驚下鄰里。她們全然不顧流竄的閒言碎語，四下一合計就選定了個臨近的黃道吉日，又把消息張貼在城門口以示眾人。

據她們講，那時候革命軍的戰火還未觸及這個偏遠的浙南小城，人們只能通過口口相傳來得知在遙遠的某個地方，皇帝的軍隊正和一幫自稱革命軍的亂匪交戰。這一路和小衙役走下來，我發覺身處革命年代，戰況如何以及戰火蔓延到何處的消息對於要舉家遷移規避戰爭風險的老百姓來說尤爲重要，囿於信息的閉塞和傳輸渠道的有限，大家得到的消息都沒什麼時效性，少則滯後個三五天，多則一兩個月，以至於很多時候人們根本來不及作出反應，浩浩蕩蕩的大軍就已經兵臨城下。

如你所料想的，浙南小城在當時還是一派祥和與無趣並存的混沌狀態，人們痲木地生活著，閒散而自由，但像四個女人合葬夫君衣冠塚這樣的大事在本地可不常有。下葬當天的上午，四家祠堂聚集來的鄰里鄉親不下千餘號，把出殯隊伍的路線圍堵得水洩不通。人們爭相來看這四個女人是何等的烈性而不守婦道，居然爲了圖省事把自家丈夫生老病死人生四大事的最後一件辦得如此不合祖法，甚至有些在外修學的儒生從省城趕回來勸她們不要忤逆民意，儘早依禮節厚葬丈夫的衣冠塚而不要妄圖輕便。

說到這的時候那個聲音高亢的女人頗有得意，她說這些儒生個個自詡滿腹經書，出口皆爲孔孟之道，早先口口聲聲要勸她們改邪歸正，但當眞見到這四個風姿卓約的年輕寡婦時，卻只剩下面紅耳赤，像施肥過度的韭菜苗子般俯首哈腰，絕口不談教條的同時，倒是有意無意地跟她們搭訕調情。其他三個女人也先後對這些儒生進行聲討，我和小衙役作爲僅有的兩名男性，只好爲那些素未謀面的知識分子同胞們汗顏。

她們說後來的葬禮舉行得不慎順利，席間時不時有夾雜著臭婊子死破鞋的污言穢語從人群中傳出。本來已經氣得臉色鐵青的四家公婆端坐在太師椅上，也不知是喪子傷痛過度還是因兒子葬禮不合祖法而老臉丟盡，那尖嗓子女人的婆婆一個氣短沒接上，就直直地栽倒當場，眾人見狀亂作一團，轟亂之中鑼鼓哀樂與啼哭咒罵之聲混在一起，響徹雲霄。

「後來呢？」小衙役聽得尤其出神，急切地問道。

「後來衙門派人來維穩，棺材倒是被順利封了土，只是辦完後鄰里間也沒少議論。」那個有著高亢嗓門的女人接著說，「再後來我們四人一商計就決定離開這是非之地去北平尋夫。」

我說既然你們的夫君都已過世，爲何還要再去北平尋夫？她們說這事不用你操心，活要見人死要見屍，怕不是這些個臭男人嫌休了結髮夫妻沒法和父母交代，就直接在北平娶個小姑娘，再囑託些狐朋狗友往老家寄些無憑無據的衣物，待他日回鄉假口革命年代動盪不堪，流離失散誤被人認爲命喪異鄉，到那時爲他們守寡的人可就遭了罪，平白無故失了這麼些年華不說，還得爲作大作小與那個娶進門的年輕女子爭一爭風頭。

小衙役聞此，提議四姐妹與我們結伴而行，去北平道阻且長，動亂年代同行的伙伴越多，旅途也越安全。四姐妹聽後說這事不急，等咱們今晚在這亂崗休息好，明天一早再做決定也不遲。說罷她們將火苗壓低，四人圍坐在一隅裹著條禦寒的棉被，我見那棉被上的鴛鴦圖案被塵土遮去了眉眼，不再有一番蕩波秋日的綿綿情意，被面上那在綠水間浮沉的萍葉倒是在這火苗的忽明忽暗之間顯出勃勃的生機。

窗外北風蕭瑟，寥野之上群星閃爍，而我倦意漸長，只是模糊地聽見四姐妹和小衙役說道她們進京的規劃。進京尋夫抑或是進京交差對於四姐妹和小衙役來說，都只是她們一段生活的終點，並無其他，而進京之後的日子對於我來說實是不堪再想。

我靠在石壁旁，裹著一路上被風吹雨淋弄得髒亂不堪的被絮。半夢半醒間，白衣女人再度出現，她牽著我的手一路小跑，帶我離開了石崗、馬廄和驛站，也一同離開了我身後緊追不捨的命運之輪。我們在點點繁星和蒼穹的見證下，不斷地奔跑著，穿過萬家燈火都已熄滅的城市和零星的村莊，穿過被月光染成銀色的原野和高山的脊梁。

十一　彼時之雲上

時間過得很快，一晃已是秋天，操場四周的梧桐葉由綠轉黃，稀疏散落在柏油鋪成的路面上。禁閉之後的很長一段時間裡，監獄內一片太平，吃胡蘿蔔幫和去胡蘿蔔幫相安無事，大家都默默遵循著自己的幫規，遇到意見分歧的時候也至多是與人理論而不再動粗。大鬍子還是老樣子，我們仍舊共享一間牢房。和獄友獄卒們日漸熟絡以後，大家也都把我當成大鬍子的代理人，有什麼需要大鬍子做的，諸如簽名體檢之類的，多半也都會讓我在一旁陪同。

之前提到過在監獄裡做活多數人都是磨洋工，因爲生產車間績效並不和一日三餐掛鉤。需要加以補充說明的是，雖然績效的確不和伙食掛鉤，但和工分掛鉤。工分類似於監獄裡的官方硬通貨（香煙是我們私底下的硬通貨），憑著工分可以從官方經營的小賣部裡買很多東西。大鬍子的工分雖然記在他名下，但由於大家都認可我作爲大鬍子的代理人，這些工分的實際使用權其實都歸在我名下。如你所知的，大鬍子幹活格外賣力，工分自然也賺得多，這樣一來每到月底，除開生活必需品的開銷，我和大鬍子賬下的工分總有盈餘。

由於官方經營的小賣部裡只有爲數不多諸如牙膏肥皀之類的生活必需品，工分積攢多了就只是個數字，對我們日常生活的品質沒有絲毫幫助，但如果工分不夠了，平常買些生活必需品就很麻煩，因此大夥兒磨洋工的時候會偷偷算好這個月所需的工分，然後出相應的力，每到月底大家的工分都會被剛好用完，很少有人會存下工分以備不時之需。多數情況下這種算計都能奏效，可一旦因爲大大小小的原因曠了工（諸如生病發燒再被關個禁閉），而自己的工分賬戶裡又沒有盈餘，下個月的開支就很難周轉。望著我和大鬍子的賬戶裡不斷增長的工分，我決定向獄卒們試探下口風，看看自己能否在這監獄裡做些由官方背書的小額工分借貸。

秋日的一個午後，我領著大鬍子在自由活動期間找到了主管工分記賬系統的獄卒。那人到了快退休的年紀，依然長得賊眉鼠眼，戴著一副和啤酒瓶底座差不多厚的老花眼鏡。在接受了兩包香煙的賄賂後，他調出了我和大鬍子的工分賬戶，一邊唸念有詞地感嘆著大鬍子賬戶裡的工分多，一邊心不在焉地翻動著桌邊的時政報紙。

我向他袒露了自己和大鬍子此行的目的，想詢問下他對此的意見。他推了推架在鼻樑上的眼鏡，若有所思地拿指尖敲著桌面，然後含混不清地說什麼他對此沒有過多的看法，但合不合乎監獄裡的規定他還得再向上級請示，說罷他從我們送的煙盒裡抽出一根煙叼在嘴邊，旁若無人地吐著煙圈。我向他請示，既然他主管工分記賬系統，理應不用請示任何人便可以自己拿定主意，我所提議的小額工分借貸一來可以把積壓在犯人賬戶裡的無用工分釋放出來便利群眾，二來可以改進工分系統讓勤勤懇懇務工的囚犯得到更多切實的獎勵，這樣一個良性的系統循環起來一定可以讓監獄裡的整個經濟體制更具有活力，何樂而不為？

那老頭子獄卒點了點頭，仍舊沒有批准的意思，他話鋒一轉問起了我們在生產車間的具體勞作方式。他指了指大鬍子，說就他這樣的癡呆怎麼掙到那麼多工分的？大鬍子好像聽明白了他的詰問，一邊咿咿呀呀一邊拿手比劃著自己在和稀泥組所做的事。我向大鬍子擺了擺手，對那老頭子獄卒說大鬍子之前在和稀泥組幹活受排擠，現在被分到了研磨組，別看他腦子不好使，手腳可麻利了，只要教他和稀泥或者研磨大理石的動作，他能一刻不休地幹上一整天。

那老頭子獄卒聽到這咧嘴輕蔑一笑：「喲，那這麼說我們逮住他可是賺大了！」我見再和他這麼耗下去不會有絲毫進展，就請示他讓我們先行告退。他擺了擺手說我們的請求他會向上面傳遞，如果可以的話這幾天就給我們消息。我已然對這官僚作風不抱任何希望，臨行前我望著擺在他桌前的兩包上好香煙，只感到一陣心疼。大鬍子倒是沒什麼怨言，開開心心地跟著我走出了辦公室。

如此一來，想要實施由官方背書的小額工分借貸似是不可能之舉，我只好另謀他路。如你先前所知的，我們這所監獄裡勢力最大的兩個幫派便是「去胡蘿蔔幫」和「吃胡蘿蔔幫」，既然官方不肯出面給我們背書，自然而然地，我就想到要從民間獲得支持。我身爲「去胡蘿蔔幫」一員，在幫派內部溝通倒不見得有多難，難的是到「吃胡蘿蔔幫」拉攏高層爲我們站票。說實話，在此之前我從未關心過幫派的管理層，本就是隨手一填的入幫申請，誰管他是李四還是王二麻子管理「吃胡蘿蔔幫」又或是「去胡蘿蔔幫」呢？

像臨考前抱佛腳的學生不情不願地預習著考點，我也不情不願地拿出了好些積蓄（用工分換日用品再打折扣換香煙）去打點這些平日裡我不屑維持的人脈關係。兜兜轉轉月餘，才總算摸清了這兩個幫派的門路。

拿「去胡蘿蔔幫」爲例（「吃胡蘿蔔幫」也類似），本幫有著等級森嚴的管理制度，最上面由幫主和五長老組成了幫派的最高權力決策機關，下面有分管各牢房區域的大吏，約莫二十來人，大吏身邊還安插有言行最得幫主賞識的督查使，督查使必須嚴格貫徹不吃胡蘿蔔的幫規（一粒胡蘿蔔丁都不能碰），以身作則的同時監督大吏日常的飲食，一旦發現大吏誤吃了哪怕是一顆胡蘿蔔粒，督查使都要稟告幫主和五長老，如此一來，受罰的大吏輕則要寫檢討書（不會寫字的大吏就罰站），重則被免職甚至開除幫籍。當然，這樣被開除幫籍的大吏也並不受對立幫派「吃胡蘿蔔幫」的賞識，畢竟要讓一個人從絲毫不吃胡蘿蔔變成頓頓胡蘿蔔大餐也絕非易事。

我想到大吏在我們幫眾面前頤指氣使，卻要在督查使跟前提心吊膽小心度日；督查使看似握有尚方寶劍，在幫主五長老面前又只能卑躬屈膝大呼忠誠；五長老和幫主看似權勢滔天，也只能在逼仄的囚室裡揮斥方遒，見到獄卒還要點頭哈腰拿香煙打點。如此看來權勢真是一息萬變，即便熬到了頭還有個生死橫亙身前，人們孜孜不倦地在方寸之間爾虞我詐，一想到這我就不自覺地嗚呼哀哉起來：我本來過著平靜的小日子，在無足輕重的人們中間如魚得水優游自在，哪想如今在牢外被捲入革命黨人與現任政府的鬥爭之中，在牢內也落不得個好安生，又被捲入「去胡蘿蔔幫」和「吃胡蘿蔔幫」的鬥爭之中。

誠如一個偉人在我們先前的時代所高聲呼籲的一般——鬥爭是無處不在的。如此一想我倒覺得內心平靜了一些。這絕不是什麼破罐子破摔的歪理，我這人天性並不悲觀，即使到了最危難的關頭我都會平和地乞求好運砸落腳邊，多數時候我都能逢凶化吉，但也有些時候會不太走運，比如在故事的一開頭，我只是穿著從店裡順出來的布絨牛皮靴去討要合法工資，就被紅衣太保手下的那些小畜生們抓來充了革命黨人。

有段時間我曾一度懷疑，紅衣太保們是因爲無法完成政府下達的革命黨人抓捕配額，才會拿我這樣的人去濫竽充數。這點其實很好理解，眞要是革命黨人辦事一定小心翼翼滴水不漏，隨便在大街上被貓嗅幾下就抓住的革命黨人，不是傻瓜就是笨蛋，而革命黨人又怎麼會是傻瓜或者笨蛋（大鬍子跌成癡呆後當然不能算數）？學過邏輯的人都知道，雙重否定即是肯定，換句話說就是，被如此草率抓住的一定不是革命黨人。因此我一直很納悶，這麼淺顯易懂的道理紅衣太保怎麼就不能明白。

後來我眼看著革命黨人一批一批地被送進監獄裡改造或者押赴刑場處決，我倒也找回了一些平衡（原來不只我一個倒霉蛋），與此同時我慢慢練出了一種識人的能力，有些被冠以革命黨人身份的囚犯一眼看過去就是傻瓜或者笨蛋，而這些人顯然就和我一樣是一問三不知的二愣子。我們這些被抓捕充數的人倒也不會受到什麼非人的對待，無非是被特殊關押審訊個把月，再放回尋常囚犯居住的東北方囚室樓。大鬍子是個例外，如果他不是跌成了癡呆，現在早已在靶場被槍斃了好幾回，因禍得福說的就是這個意思，只是大鬍子現在這個樣子大概也不會明白什麼是福什麼是禍罷了。

此後的很多天，我領著大鬍子挨個兒拜訪「去胡蘿蔔幫」和「吃胡蘿蔔幫」的高層們，有一天早飯後，囚犯們正在操場上自由活動，我和大鬍子揣著換好的香煙四顧找尋「吃胡蘿蔔幫」的一個長老，一般來說這樣的長老很好找，在自由活動時間都由幾個幫眾簇擁著（防止敵幫突發偷襲）。

正在這當口，廣播那裡傳來一聲公告，說等會兒在操場臨時搭建的處決台前要槍斃一個革命黨人。這對我來說已經司空見慣，從我入獄之後算起，每隔一段時間都要處決一些革命黨人以儆效尤。起初他們還頗具儀式感，每次都要出動車隊將革命黨人押赴郊外的刑場執行槍決，刑場離我們這兒不遠，車隊離開不多時我們就能遠遠地聽到一聲劃破長空的槍鳴，一般這個時候大家都會沉默不語。雖然那些真正的革命黨人一直都被隔離關押在西南方的獄卒職工樓接受審訊，與我們這些被「假釋」到普通囚室樓的僞革命黨人交集不深，但我聽到處決槍聲的時候仍會有種同病相憐的感覺，與其說我深以爲自己是革命黨的一份子並爲革命損失得力干將而痛心，倒不如說我是在感慨英雄末路。

在我所成長的這個時代裡，英雄對於老百姓來說既熟悉又陌生：他們普遍存在於宣傳和輿論的媒介之中卻又遠離人們生活的當下。我在鞋店裡做工的時候經常會聽進來買鞋的客人們說起時事，什麼政府援邊部隊又在一次維和行動中犧牲了幾名英雄將士，一個紅衣太保預備隊的小英雄在居民樓火災中奮力救出數十名老弱病殘，博物館搶劫案中英勇的遊客與歹徒拼死力博保全了館內珍貴的歷史文物，諸如此類的新聞林林總總。因爲並未發生在我身邊，我對它們的眞實性一概不置可否，你如果責備我爲什麼要質疑一切，我只記得當年外婆因爲營救困在火災中的寡婦被燒成了重傷，而那個戴眼鏡的區委官員卻在外婆的病床前讓我簽字把外婆的房產抵押給政府償還醫藥費。

話說回來，我之所以覺得革命黨人具有英雄的屬性，倒不是因爲我自己生活得多麼水深火熱，也不是因爲我與現任政府之間有著什麼不可爲外人道的糾葛，如果非要深究起來，我倒覺得大概是源於我在內心裡比較認可浪漫主義者才具有的無畏勇氣。雖然我並不完全認同大鬍子以前和我提過的那些宏偉藍圖，但革命黨人能夠依著一個非惡的目標，懷著一個暫時看來還不算太壞的願景，身體力行，並且不懼刀剮槍決，私以爲這需要極強的信念和無畏的勇氣。不論革命結果成功與否，光是這樣的信念與勇氣本身便足以令人爲之稱道。

可以預見的，後來處決革命黨人的間隔越來越短，從最初的一周槍斃一個，到之後的幾天一個，再到現在基本上每隔一兩天就要槍斃一個罪不可恕的革命黨人。監獄裡一合計，用車隊如此興師動眾地頻繁往來於刑場和牢房之間，有違勤儉治監的原則，倒不如在東南方的操場角落搭建一個臨時的處決台。也不知是誰出的餿主意，監獄管理層一開始規定我們這些可憐的犯人必須到場出席這以儆效尤的槍決儀式，其實我很不理解他們這種做法，對於我們這些階下囚來說，處決革命黨人並不能起到震懾不法分子的效果，因為我們中的大多數人餘生都得待在牢裡，已經再無可能對牢外的社會產生任何不好的影響。

回想一個多月前，我第一次到場的時候，處決台四周高高地架設起一圈用於補光的英萊藤。清晨的時候日光熹微，天空中飄著薄薄的雲霧，強烈的光線把台中央照得光亮如晝午。處決台正中央匍匐著一個雙膝跪地兩臂緊鎖身後的革命黨人，他耷拉著腦袋顯得有些頹氣，面對即將到來的命運之鎚無能為力，他的身後站立著兩個高大威猛的紅衣太保（遠不像當初審訊我的胖瘦二人組一般歪瓜裂棗），這兩人身姿挺拔，目光炯炯，雙手握緊斜挎上身的步槍，不怒自威。

進監獄這麼些時日，我從未見過這兩人，想必定是從其他什麼地方調過來執行槍決的紅衣太保。後來監獄長通過廣播喇叭朝我們喊話，讓我們這些出席的犯人都一一就坐在處決台前安置好的座椅上。我環顧四周，見台下圍著密密麻麻上千的囚犯，有的趁機交換香煙私貨，有的小聲在底下罵娘，更多的人則都顯得茫然無措，不知監獄方面到底在想什麼鬼主意。

大鬍子一直跟在我身邊，他歪著個腦袋傻笑，好似看熱鬧，一點兒也不知台上的可憐蟲正是他們革命黨人的一份子。我想這對他來說倒也好，要不然眞不知他心裡會作何感想，是如螳臂當車一般衝上台去嘗試解救夥伴，還是忍辱負重在台下眼睜睜地看著夥伴被處決，這可是個大難題。

隨後廣播裡的聲音再度響起，典獄長向我們通告了此次行刑的計劃，意思簡單明了：這是監獄方面向X市政府申報的一次實驗性活動，要向全市公開直播處決革命黨人，目的在於教育市民，不要吃飽了撐的去造反鬧革命，與政府作對的下場即是如此，是不會有好果子吃的。我們這些坐在下面的囚犯就是在台下作個幫襯，監獄裡人手不夠，需要我們的參與才會讓整個儀式有一種威嚴肅穆的氣勢，所以他再三強調如果誰敢鬧事，就關禁閉一年。聽罷典獄長這番話，別的人不說，我自己倒是兩股戰戰，在心底乞求「吃胡蘿蔔幫」和「去胡蘿蔔幫」可千萬不要發生什麼衝突。

隨著一聲令下，坐在高台上的攝像師開始指揮機械臂不斷移動以選取好的機位，他也時不時會從觀眾中取景（鏡頭朝向我們），我想如果當時自己正在家中看電視，一定沒法在這密密麻麻的人群中找到木然無神的自己。正在思前想後的我還未反應過來，只聽到一聲槍響，整個處決就結束了。

台下一陣驚呼，早已待在台側的驗屍官緩步上台，戴著手套去摸那個可憐人兒的脈搏，隨後點了點頭向身旁執刑的紅衣太保示意，兩側殯儀人員於是上前將那個革命黨人的遺體收殮。沒過一會兒，四周的補光英萊藤便全部關閉了。此時太陽也慢慢從厚重的雲翳背後探出了頭，天空一片晴朗，喇叭聲裡傳來讓大家散場的公告，同時也通知大家，今後會有更多這樣的處決儀式，請大家務必參加。

此後的一個多月裡，我和大鬍子陸陸續續參加了好幾場這樣的處決直播活動。人對新鮮事物的好奇心總是與日俱減，看慣了子彈打穿腦殼後濺出的一地腦漿，大家都有些失去了興趣。起先人們還會在槍響之後驚呼一聲倒吸一口涼氣，再之後大家都有些見怪不怪，監獄方面需要我們犯人如何配合我們就盡力而爲。

久而久之，這樣的例行公事當然也激不起監獄領導方面的興趣。沒過幾週，我們就不再被強制要求參加公開直播的處決儀式了。我之後仍然「非義務性」地去看過幾次處決，攝相師倒也知道如何適應新環境，他不再指揮機械臂從零星的觀眾中取景，如此一來，我們這些觀者存在的意義便蕩然無存。多虧提供最初素材的我們，聲音和畫面都可以後期製作，但說眞的，像這樣的直播即使延時個把鐘頭作後期處理，也不會有人在乎——我們這些親身經歷的人尚覺乏味，何況是那些躺在家中沙發上的看客？話說回來，又有誰會長久地關注這種無聊血腥又與自己無關的事呢？

如你現在所知的，這種對革命黨人的處決於我來說已然不陌生。拜訪「吃胡蘿蔔幫」長老並與之洽談工分借貸顯然是一件更爲緊迫的事，我領著大鬍子環顧四周仍未見到被幫眾圍簇的長老。時而有些新來的傢伙好奇處決革命黨人的流程，他們會三五成群地組成小團體去處決現場湊熱鬧。現在那裡就圍著好幾組人，但從我這裡望過去根本分辨不清誰是誰。「吃胡蘿蔔幫」的長老大概率不會出現在這種只有新人才會去的場所，我這麼想著，也就不準備橫跨整個操場去碰運氣了。

我背靠食堂外的灰牆，手握早早兌換好的香煙包裝盒（我並不抽煙），眼神掃過擦身而過的一個又一個小團體，我需要時間思考接下來的對策。一個星期前「去胡蘿蔔幫」的幫主（一個入獄二十多年的強盜頭子）剛准許了我以幫眾的身份借貸工分給「去胡蘿蔔幫」的成員，但是賺得的工分要和他三七分成，我本以爲是我七他三，沒怎麼想就滿口答應了，到後來要簽字按手印的時候，我一讀條款發覺不對勁（是幫主七我三），而我作爲一個普通幫眾又不好當面給幫主難堪，只好找個藉口迴避簽字流程逃了出來。

我是這麼想的，凡事有競爭總是好的，雖然因爲我是敵對幫派的幫眾，「吃胡蘿蔔幫」那裡比較難打點關係，但是只要他們願意跟我合作，把工分借貸的事辦下來，即使只能藉貸給「吃胡蘿蔔幫」幫眾，哪怕五五分成都是極好的（總好過三七分成）。

摸清了自家幫派的意圖之後，我這幾天密集拜訪了好幾個「吃胡蘿蔔幫」的高層，對他們我一概是曉之以情動之以理。我深以為「吃胡蘿蔔幫」的高層在與我交談過後也都認識到了一點，即在工分借貸一事上，他們不該持有僵化的幫派對立意識，工分借貸不是原則問題，更不是關乎幫派存亡的性命問題，相反的，工分借貸是監獄內部的創新型惠民項目，之前大家在車間的生產力不夠高，本質上就是因為資本無法在牢牆內充分流通，如果能在「吃胡蘿蔔幫」內部普及工分借貸，猶如商鞅變法之於秦國，可謂無往而不利也。

憑著一張在鞋店裡推銷皮鞋練就的三寸不爛之舌，我在監獄內小範圍試營工分借貸的可能性越來越大，這幾日我一直深以為豪，即使得不到本幫潑皮幫主的傾囊相助，我也有其他路子可走，這麼一看，今天和「吃胡蘿蔔幫」另一長老的碰面就顯得尤為重要。

正當我背靠牆壁思量對策的時候，一陣秋風刮了過來，大鬍子指著天邊的雲翳朝我拍起了手，我抽離開思緒仔細往他所指的天上望去，方才發現本就陰沉的天空此時突然飄起了雨，淅瀝小雨在秋風的作伴下裹挾來一陣寒意，衣物單薄的我不禁寒顫連連，猛然間才發現自己已經記不起上一次見到雨天是在何時。

這下可好，日復一日單調而無趣的牢房生活讓我漸漸遺失了對於時間流逝的察覺，如果你仍記得，最初我被關押在西南角的獄卒職工樓，住的是拘押特殊犯人的小單間，還未用鬍鬚上吊求死的大鬍子就關押在我對門的囚室裡，那時的他神采奕奕，說起話來侃侃而談。我雖然相較於彼時的大鬍子要萎靡很多，不僅要時刻準備接受紅衣太保們的提審（並承擔隨之而來的可能後果），還得憋著一肚子被冤枉的怒火。即使身處這樣的困境我也沒有失去信心，憑著每日在牆上刻「正」字的筆劃，我以自己的方式度量著時間的流逝並在心底裡祈禱能熬過這段有生以來最大的負彩。

這紛紛細雨驟然間把我拽回了現實，讓我與常態的生活之間有了一種被清晰剝落下來的疏離感。自離開被特殊關押的囚室之後，獄中的生活已然成爲我的新常態，沒有了要殺要剮的擔憂，我在這鋼筋混凝土砌築的監獄內起居作息，勞作社交，再也沒有了紀錄時間的習慣。有時恍惚間過去了一周，上一刻腦中的夜空仍是滿月和群星環繞，下一秒再仰頭往星空看去，只有細細的月牙在雲靄之間忽明忽暗。

這也說得過去，我已然認可牢房內的生活即是我後半生的全部，與其期期艾艾怨天尤人，倒不如積極向上地擁抱新的生活，戴著腳銬去跳舞。這不，我雖然記不起上一次見雨天的情形，倒還記得要把工分借貸推廣出去，並對此有著切實的規劃。

喇叭裡突然傳來讓我們去處決台前集合的廣播，這字正腔圓的男聲不斷循環播放著催促大家集合的語句，突然從一種置身事外的鳥瞰之中再次墜入正在行進著的生活大潮之間，我有些不適應，身邊的人除了大鬍子以外也都是滿臉費解。身處秋日涼颼颼的雨天，又是陳腔濫調的直播處決革命黨人，緣何要召集大夥兒去處決台前淋著雨裝模作樣？我一邊領著大鬍子朝處決台走去，一邊佝著身子想護住好不容易換來的香煙不被雨淋濕。大鬍子在雨下倒顯出孩童般的稚趣，他蹦蹦跳跳，仰頭朝天張嘴接雨水，好似暢飲自九天之上傾瀉而下的玉露瓊漿，一臉的欣喜與滿足。我與大鬍子相處得適久適感受到我的生活裡有他該是多麼機緣巧合的事：我們有大概率不會被分在相鄰的囚室，也有大概率不會以革命黨人的身份活著走出特殊關押樓，可是命運就是充斥了這些巧合，讓人在經歷之時不覺有異，卻在回味之時幾多感嘆。

腳下的操場水泥在雨水的沖淋之下由灰白漸漸轉爲淺綠，幾處坑窪之地此時已有蓄水的趨勢，身穿灰袍囚服的犯人們三五結伴而行，見水窪都繞道而行，誰也不想即刻把鞋弄濕。待走到處決台前，我才明白此次我們這些看客被召集的緣由——此前的直播處決都在沒有落雨的時節進行，如今X市漸入雨季，攝相師們急需從淋雨的在押犯人中拍取日後剪輯直播視頻的素材。

穿過雨幕，我模模糊糊仍能看見那個跪在台中央的倒霉蛋，他如在此之前被處決的那些革命黨人一般低垂著頭顱，身後站著兩個高大威猛的紅衣太保，他們原本鮮紅的衛衣在雨水的洗刷下顯出暗紅的色彩，如同即將自那個革命黨人頭顱噴濺而出的血漿一般紅稠。死亡的氣息自台上向四周蔓延開來，雨聲和呼嘯的秋風聲如同來自另一個世界的哀鳴嘶吼，讓人耳膜生疼。

我藉著處決尚未開始的空閒，踮起腳尖四顧環視「吃胡蘿蔔幫」長老可能所處的位置，一般情況下長老們都不會來湊這種熱鬧，但此次情形特殊，如果他們當時就在廣場上，聽了召集令也是必須要服從監獄方面的組織安排，畢竟在幫派組織之上仍凌駕著監獄內部的權力機構。

就像我所目睹過的歷次處決一樣，這次處決也按部就班的進行著。廣播裡先是確定機組都到位，再高聲宣讀罪犯的姓名及身份信息，曾參與了什麼樣的顛覆政府政權重罪，政府如何寬宏大量給予戴罪立功的機會，可惡的革命黨人如何在審訊過程中負隅頑抗不知好歹，最終政府在萬般無奈之下只好與兇惡的革命黨分子徹底決裂，並定於今日執行槍決，政府希望廣大市民群眾以此爲戒，切莫與革命黨人爲伍，身邊親戚朋友若有參與革命活動，檢舉者將有重賞。

在監獄裡待久了，這種官話我已經可以做到左耳朵進右耳朵出，因此上述的宣判我一個字兒也沒能聽進去。與此同時，我特別注意到那個革命黨人全程都低垂著頭，我想他此時的心情一定很是複雜。正當我覺得一切都朝著我所熟悉的方向發展的時候，接下來的一幕讓我對自己的人生有了嶄新的認識。

那個低垂頭顱的男人在執行槍決前突然掙扎著踉蹌起身，他的左腿有些殘疾，在腳銬的羈絆之下一瘸一拐地朝台下的我們挪動著，他昂起頭的一瞬間，我彷佛見著了他下巴上的一小撮山羊鬍鬚，以及那被雨水沖淋地幾近扭曲的歪臉。這張臉讓我一下子想起了半年前那個來退布絨牛皮鞋的男人，那男人也生著一張苦大仇深的臉，養著一小撮山羊鬚，走路一瘸一拐。

隔著雨幕，我實在無法看清這個革命黨人的面容。他身後的兩個紅衣太保見狀一把將其揪住按在地上，廣播裡傳來主持人激動的聲音：看啊！這歹毒的革命黨人，即使到了最後的關頭仍要違紀枉法！那革命黨人壓低喉嚨嘶吼著，即使我隔得這麼遠，仍能感受到他出離的憤怒，他高聲呼喊道：革命黨萬歲，革命事業永垂不朽！

可惜的是，台下的我們並沒有產生什麼共鳴，又或是不敢表現出有任何共鳴，我想他這番掙扎和喊話所針對的受眾一定是在某處守候著直播的革命黨同僚。現任政府與革命黨人交戰愈發焦灼，士氣就愈發重要，如此一番處決前喊話，既能削弱敵方的氣焰，又能鼓舞己方的士氣。

我記得還未變成癡呆的大鬍子曾和我說過，一個人的生命是有限的，而一個民族一個黨派的生命卻可以是無限的。如此想來，大鬍子一定覺得個人在時代大潮前是無足輕重的，他所參與的社會變革因了這一層思想而被鍍上了永恆革命的色彩。像無數先人們走過的道路一般，當個人放棄了自我，內心的崇高便也應運而生。

這聽起來似乎與先前時代所提倡的人本主義有著實質上的對立，即，人的自我有著最高的優先級。但是人本主義者所倡導的觀念，回溯到最初，總免不了追問人緣何爲人。先前時代給出的解釋是人之所以爲人，既不出於神的意志，也不源於對某個威權的崇拜，而是自我意識的覺醒，是這千百年來隨著社會科學和人文思潮的進步而自發產生的，也是由無數個小量變所引發的大質變。由此而來的，每個人（而不僅是人的集合）都該被尊重，每個思想流派（而不僅是思想的主流）都該被重視。這樣的思潮在一段時間內可謂人所共識，一部分是因爲在人本主義出現之前曾有過一段黑暗的極權時代，個人的意志被極大的弱化，以至於人民除了接受無止境的輿論宣傳和投身於永無止境的生產消費再生產之中，別無更好的辦法去參與到歷史的進程之中。

如同天下大勢合久必分分久必合，思潮和社會形態也是如此。在一段時間的自由主義蔓延過後，緊隨而來的便是我們這個時代所獨有的大一統極權政體。人們信任政府，信任在高度自律規範化的政體之下，可以有遠超於過往的生活體驗，人們不必在勞心生活的方方面面，X市的人們大可以將生育權交由政府來把控，將與個人相關的所有信息都寄存於蔓茉莉之中。如同不在乎過去與未來而高枕無憂的新時代寵兒一般，人們在時代的大劇場裡，或是翩然起舞漸漸轉向台幕的中心，又或是淺唱低吟與帷幕後震耳欲聾的合唱曲融為一體。與此同時，相較於過往人本主義的黃金時代，個體的重要性在我們這個時代被不斷地趨於邊緣化。

我並不清楚這是不是歷史的倒車，也並不清楚這算不算人民的悲哀。但至少在我看來，代表著先進的革命黨人，同時又是號稱要領導人民反抗現任政權的革命黨人，其自身並不帶有捍衛人本主義的反抗精神。如果僅從人本主義的角度來看，他們與現任政府在形式上倒顯得不那麼對立。至少從我和大鬍子的對話之中，我認為我們這個時代的革命黨人仍舊保有一種個人理應式微而集體必須永存的觀念。這與現任政府的做法並無二般，我實在想不出為何要支持一方而去推翻另一方，僅因為與我無關的追殺超生兒？這還遠不足以讓我背棄我所身在其中的政體而去迎接未來並不確定的革命黨人。再者，我聽大鬍子說革命黨人的領袖老蔣其本人就曾是蔓茉莉的主管，在超生的兒子被殺後揭竿起義。這不帶有絲毫理想主義情懷的起義與革命在我看來倒像是一場政變，讓我不得不質疑這場革命的動機。說到底，事到如今我仍是這場革命風波的受害者，而我對此並非沒有芥蒂。

紅衣太保見事態有些超出他們的預期，便不等執行槍決的命令自廣播內傳出，就開槍打穿了那個革命黨人的腦殼。我推開擁擠在身前的犯人們，一個箭步衝向觀眾席的前排，我努力伸長脖子想要看清這革命黨人的模樣，此時他的腦殼已被打穿，一小撮頭髮連著頭皮飛離了天靈蓋，從那彈孔中流淌出猶如淙淙小溪般腥紅的鮮血，在雨水的沖淋下自台上蔓延開來。

也不知是不是雨滴打落在身上的緣故，那個男人的身體此時仍微微抽搐著，又像是中樞神經在腦幹死亡後仍不甘心地想要喚醒這具尚有體溫的軀體。我瞇縫著眼，在他那死後扭曲變形的臉上找尋著蛛絲馬跡。實話實說，此時我既害怕確認這個革命黨人就是那個來退布絨牛皮鞋的男人，又在心裡保有一絲期待。如果堅信万事萬物都依著因果循環的規律，那麼我現在所經歷的這一切負彩大多可以歸咎於那雙布絨牛皮鞋，而鞋又可以追溯到那個留著山羊鬍子走路一瘸一拐的男人。現在躺在我身前的這個男人，有著同樣的山羊鬍子，在他掙扎起身高呼「革命黨人萬歲」的時候也是一瘸一拐地走路，但除了山羊鬍子和跛足這兩點我似乎無法再回憶起更多有關那個退鞋男人的點滴。

我很惱怒，如果我的記憶能再給我一些額外的信息，如果這個男人死亡的面孔不是如此可怖扭曲，如果此刻沒有紛擾不斷的雨珠大把大把墜落在台上濺起無數小水滴，我也許能再記起些什麼，也許能更加確認這個被處死的男人就是那個來退鞋的男人。如此一來，我的所有苦惱都可以推諉於他，自此之後我大可以輕鬆地抱怨起命運的不公，並具像化我所怨恨的對象。相比於模糊而泛泛的革命黨與現任政府，顯然是這具躺在處決台上的屍體對我來說更有現實意義。可惜我無法說服自己相信這個死去的革命黨人和那個來退鞋的男人是同一人，而這讓我苦惱不已。

驗屍官和殯儀隊相繼出場後，大雨並未停歇，人群逐漸四散開，而我仍木然地站在處決台前。大鬍子走上來用胳臂摟住我，在那一刻我有些不眞切的感受，大鬍子好似從未離開過我一般，但我又即刻明白這感覺和那留著山羊鬍子有些跛足的男人一樣，大概也只是我腦海中或美好或膽怯的幻象。

如秋日的落雨一般，人的際遇和生活會在反覆湧動翻滾中走向無序，於何處啓程之後又將去往何處停歇，看似無跡可尋的同時，卻又在交匯處不言自明。假若是雨滴在雲層還未凝結之前，就已知道自己將要墜落於何處，是會被飛鳥銜食，是從傘沿下滑落，又或是在小池裡匯聚再漫湧上田頭，對於彼時之雲上的雨滴會有怎樣的意義呢？

我只能在前人所未曾指明的模糊道路上探索著一切的可能性，並任由自己在荊棘裡被刺傷，在藤蔓中被纏住，在失明的歲月裡被消耗，乃至於化爲虛無。

十二　更美好的生活

為了方便我之後的敘述和行文，又不囿於我對四姐妹的接觸程度之淺，我決定依著四姐妹的特色給她們予以代號，分別是：「美兒」（依我來看最美），「高兒」（聲音高亢），「尖兒」（嗓音尖細），「小兒」（樣貌看起來最小）。這樣的分類很主觀，我當然不好意思當眾直呼四姐妹在我心中的代號，這會讓她們覺得沒有受到應有的尊重，但作為敘述主體的我來說，在文章裡用這種手法，倒可以省去無意義的冗長代稱，畢竟她們不會看到這篇文章，我也無外乎是在取樂自己而已。

先前小衙役騎著馬，馬兒馱著囚車和車裡的我，行走在大道上悠然自得，如今馬兒又要額外馱著四個大姑娘，明顯吃力了許多。姑娘們就坐在囚籠頂上（我只能委身屈坐在囚車的木籠裡面），一路顛簸之中，我倒是沒什麼機會在車裡欣賞姑娘們裙底的風光——她們裹得緊緊實實，大腿小腿乃至腳踝上套著一層又一層的衣物。僅從木籠子裡往上看，如果沒人和我說，我大概是分不清這四個屁股到底屬於男人還是女人，當然這誤判的前提是我沒有鼻子，在這冬日寒冷的空氣中，女人們身上特有的淡淡香味仍舊悠然飄進我的鼻腔，讓我滿心歡喜。

其實這女人香對我來說倒也算不得什麼，畢竟在我的印象裡自己也算是見過世面的人，如果我沒記錯的話，在我被欽差大老爺捉去的那個地方，我的妻子還在進行著地下黨活動（我日夜祈求她不要被捉住），她是個美人兒，又是富家千金，怎麼比也不遜於我頭頂上坐著的這四個大姑娘。我們有著共同的追求，同樣的嗜好，如果全天下我只能和一個人共度餘生，她一定是我毫不猶豫的選擇。

這些天我一直鬱鬱寡歡，因為事到如今我對妻子的印象愈發模糊起來，她紅潤的嘴唇，黑亮的髮髻，頭頂精緻的氈帽，都在慢慢淡出我的記憶。她的形體和樣貌先是扭曲，再是褪色，像沒入水裡的畫，在日日夜夜的顛簸之後變得不再清晰。我對她的思念越是漸長，她在我腦海裡的樣貌就越是模糊。也許在路上某個我未曾注意過的瞬間，我對她的感情已然憑空消失。

我當然知道這絕無可能。假若是我和她之間不再有心心相印的愛情，或是不再有惺惺相惜的革命友情，我一定會痛哭流涕。這也是我一直不願去想，不願去獨自面對午門斬首的原因，因爲從本質上來說，我是個脆弱的人，在我的心底深處仍舊保有著一絲念想，並且這念想隨著白衣女人的出現而愈發加深。冥冥之中，我始終認爲白衣女人與我的妻子之間有著某種聯繫，我期待在某天夜裡，在半夢半醒之間，那個白衣女人會再度來到我的身邊，並輕柔地在我耳邊低語：乖，其實我就是你的妻子。是我那勇敢高尚的妻子化作了白衣女人與我同行，如此一來，我的感情和記憶便不再對立，我的過去才能完整合一而不再充滿著矛盾與自欺欺人的謊言。

「我喜歡這兒。」「美兒」說這句話的時候，小衙役正驅馬駕車行進在豫魯兩省的腹地，冬日的正午陽光明媚，道路前方不遠處聳立著巍峨群山，光禿禿的烏黑山脊之上雲霧繚繞。馬蹄踏在夯土鋪成的路面上咚咚作響，有如敲擊盛滿冰磚的木盆，讓人聽不出遠近之感。這冬日空靈的景像在我們眼前一幀一幀鋪卷開，也難怪「美兒」發出這樣的感慨。我想假若是出生成長於浙南小鎮，大概是一輩子也不會見到這天地之間還有如此遼闊壯美的群山。

「美兒」招呼小衙役讓他快些停車，這裡風景好，若不多作留宿便實在有些可惜。小衙役這幾天心情漸好，茶花女的鬱結我們不再提，他倒也漸漸忘卻了似的，每晚都有說有笑地和四位姑娘聊到深夜。我一如既往地在驛站的馬廄裡過夜，小衙役總會選一間臨著馬廄的二樓客房，有政府的官文，除非客房緊俏，多數情況下他都能如願。四姐妹加入我們一行後，我時而能看到從小衙役房間紙窗透出來的幽幽燭光，入耳的人聲有說有笑，倒也有助於催我入眠。

小衙役頭也不回，一聲「籲」就勒住了馬嚼子，我在囚車裡大聲招呼小衙役可別耽誤了行程，他翻身下馬走到木籠前，敲了敲木門，對我說：也該吃飯了。他從背包裡翻出今天的口糧，隔著木欄遞了一壺水給我。姑娘們從木籠上跳下車，在平整的道路兩旁伸展纖細的四肢。「高兒」從行囊裡翻出些口糧，見我就著水啃乾癟的饅頭，她趁小衙役沒有看見，就朝我丟了一小塊脫水的牛肉乾，我趕忙向她使眼色道謝。小衙役靠在樹下吃著乾糧，他對我們說：今天晚些時候能到淄地，那裡城鎮多，可以在過路的時候好好吃上一頓。

後來，臨到午門的時候我曾想過，如果我這一生都能在顛簸的旅途上，有小衙役在前頭驅馬駕車，有道路兩旁的壯美河山不斷變換，還有四個大姑娘有說有笑著一路相伴，即使食宿寒磣了些，於我來說倒也可以算得上美好的生活了。只可惜在動盪年代，美好的東西都久長不了。我要被砍頭，小衙役要交差，四姑娘們要尋夫，我們這一行人注定無法相伴著走完所有的旅程。

如此說來有些傷感，但我很早就明白了這個道理。如果你還記得的話，我的父母在我很小的時候就過了世，自那之後我只好輪番寄宿在幾個親戚家，直至後來進城作了鞋匠師傅的學徒。因此，父母的形像在我的記憶裡一直是模糊不清的。但有些時候，我也會突然回想起過去的事，我會想起在某個午後，還是嬰兒的自己被年輕的母親溫柔地抱在懷裡，她就坐在屋簷下的木頭板凳上，一邊撫摸著我這個可憐可愛的小人兒，一邊望著遠方正在田間勞作的父親。油綠而惹人厭的雜草正在田間四處蔓延著，父親像每個農人一樣赤裸著上身，帶著對來年收穫的殷切期盼，一次又一次揮舞著鋤頭將紛亂的雜草除盡，一頭上了年紀的老水牛馱著犁車，慢悠悠地跟在他身後。高懸在頭頂的炎炎灼日夾雜著夏日被烤熟了的微風，將人包裹在一股奇異而迷人的欣慰之中。再然後我在母親的懷裡打了個噴嚏，一個碩大無比而又清澈透明的鼻涕泡被我吹了起來，我透過這被陽光折射出五彩的氣泡打探著周遭的世界，一切在那一刻都顯得美好無比。

這同樣的場景在我的腦海裡不斷地浮現，被修復，再上色，以至於我只要閉上眼睛回想起那個巨大的氣泡，便可以在精神上回到二十多年前的那個夏日午後，至於那在五彩氣泡外的世界到底是不是我關於家庭生活的幻想，對於此時正走向末路的我來說，倒不再顯得那麼重要。

從我和小衙役踏上去往北平的那一刻起，眞實與虛妄的邊界就在不斷地模糊，一部分源自於我天性較為愚笨，這導致我記憶力不好而總是無意地胡話連篇；另一部分源自於在眞實中我是個行將就木的年輕人，剩餘的時日對於我來說顯得不那麼充裕（而我還有大把未竟的事業），這導致我有些無法接受而總是有意地胡話連篇。

無論是有意還是無意地胡話連篇，兩者都嘗試在眞實與虛妄之間搭建起一座可以任我自由切換的橋樑：我時而站在橋的左側，那頭連接著苦澀而滿是眞理的處女地；我時而又踱步到橋的右側，那頭連接著甜蜜但充斥著謊言的溫柔鄉；多數時候我就在橋的正中間不偏不倚地立著。橋之下是斷崖，斷崖之下是湍流和亂石。我可以感受到耳畔疾風，頂上烈日，乃至大雨沖刷橋索晃盪。我的腳下生了根，而根又長到飄搖的木索橋上，變成了一株草。隨著橋兩邊都不再是歸途，這株生長在橋中央的野草牢牢地佔據了我的心智。它在風吹雨淋的間隙裡貪婪地吮吸著日光，並逐漸發芽結籽，而在絕望與蠻荒求生的心理作用下，我無暇再顧及惱人的自我審視，以至於到了後來，這株想像之中的小草不但代替了我的意識，還成了自我存在的象徵與佐證。

臨到淄地的時候，我們一車人都已飢腸轆轆。小衙役不食言，向過路的樵夫打聽了一家好客棧，便驅馬駕車帶我們進城。淄地位於豫魯之境的腹地，幅員遼闊，物資豐饒，稍大一些的城池有數座，而我們要進入的正是其中之一。

從高聳的青黑色城門經過時，夾道的青年官兵向小衙役索要政府官文。小衙役從包裹裡將官文拿出來遞給了他，青年官兵看著官文嘴裡念念有詞，見我們這一車上坐著四個大姑娘，他質問小衙役押送的革命黨人在哪裡。我在囚車裡吱了一聲：官老爺，我被擋著了。「尖兒」的一雙長腿正好擋住了官兵的視線，我隔著木欄杆撥開「尖兒」的腿，她立馬識趣地跳下了車。那官兵依照官文上的畫像仔細比對了一番，我見他有些疑惑，就對他說：別看了，可能吃胖了些。他冷笑一聲：你們這些革命黨人就是吃飽了撐的沒事做。

由於肚子正咕咕直叫，我實在沒有力氣再頂撞官老爺（不然沒法進城吃飯）。他見我挨了罵不吭聲，也就作罷不再難為小衙役，他最後打量了一下小衙役，揮了揮手放我們通行。「尖兒」自顧自地跳上了木籠，嬌滴滴地對他說：兵哥哥謝謝你啦！我在縫隙裡瞅見那個新兵雛兒害羞得滿臉通紅，才發覺拋開官兵的身份，他或許也並沒有比小衙役大上幾歲。

像往常一樣，小衙役在進酒館前會把囚車拴在門口的立柱上，我蹲坐在囚車裡，眼巴巴地叮囑他們早去早回。四位貌美如花的大姑娘輕快地跳下囚車，齊齊地跟在小衙役的身後走進酒館，這畫面自然會引來路人們的嘖嘖稱奇。酒館小二見狀上前迎客，他一開口我就聽出來我和他是老鄉。我這一輩子除了此次被押送去北平，從未離開過家鄉，小時候在周邊的村鎮長大，後來進城務鞋匠的營生，我們那一帶人說話都帶個後舌音，有些發音比較奇特，比如「客官」在我們那兒的發音就更像是「客磚」。我自小舌頭短，卷不上去，就發不出這些音，但是聽得多了，倒也不妨礙我識別鄉音。

小衙役和四姑娘進門後，我在囚車裡向仍在招攬生意的店小二打招呼，詢問他是否也來自我的家鄉。他小心翼翼地環顧四周，見沒有巡查的官兵，就隔著幾丈遠對我說：怎麼，你也是？我說是啊，這不是被當作革命黨人押去北平斬首嘛。他嘆了口氣，這時又來了幾個客人，他趕忙轉身笑臉相迎地招呼著客人進屋入座，不一會兒功夫他從酒館裡出來，捎帶了一塊雞腿給我。我倒也不客氣，道了聲謝就狼吞虎咽地吃起雞腿。離小衙役他們從酒館出來還要好一會兒功夫，今時不比往日，以前小衙役一人吃飽就好，如今多了四個小娘們，酒桌間嬉笑怒罵，難說他們要吃到什麼時候才出來，我先吃了這雞腿再吃第二頓總好過在囚車上乾站著餓肚子。

等酒館小二得了空，我才問起他自什麼時候離家到這淄地來謀生。他擺了擺手，跟我說很久了，不提也罷。我心想他看樣子年紀也不算大，就揶揄起來：難不成有二十個年頭？他掰著手指頭數了下，說倒沒有那麼久，但也快了。他說當年他跟著爹娘逃荒來的淄地（我完全沒有了幼時災荒的記憶），眼看要進城了卻被幾十個山匪在地界處攔住，不交買路錢就不給放行。大概是後來看他們實在窮得什麼也沒有，山匪們一合計只好押了他們一家三口回匪穴去作苦力。沒過多久，淄地幾座城池響應上面的號召，聯合起來出動官兵大剿匪，店小二一家所在的匪穴就這樣給端了，男女老少都盡數爲官兵所屠。當時他身板兒小，躲在米缸裡逃過一劫。

爲避免鼠蠅啃食屍體散播瘟疫，官兵們剿完匪一把火點著了匪巢，他在米缸裡聽到火燒木柴的霹靂聲，就趁著火勢還沒有蔓延開，拼命地往山林裡跑去。沒有了爹娘，又舉目無親，餓了也只能在路邊啃樹皮或者在河裡摸小魚，十幾天後，他才一路跌跌撞撞地走出了山林，來到了這座古城。當時他年紀小又長得人瘦毛長，官兵們看他很可憐，沒有多加爲難便放了行。再後來他到這家酒館裡作雜工，一晃就過去了好些年頭。不久前原先的店小二回漠北老家躲避戰亂了，他才有這機會升任店小二。

我聽完他的故事，對他說我們既是老鄉，又都是孤兒，可眞是命運多舛，他鄉遇故知了。他起先不信，我說自己住在城外的村裡，父母都是務農的老實人，我年幼時他們相繼因病去世，落得我不斷在親戚朋友家寄宿。我對他說原先一直認爲自己的童年除了無拘無束，並沒有什麼値得稱道的，一來因爲物質條件極度匱乏，二來又沒有至親相伴左右，心中時常空空蕩蕩的。聽他把童年跟我這麼三言兩語一描繪，我反倒覺得自己童年的那些生活瑣碎十分美好了，至少我在親戚朋友家吃得上百家飯，不用餓肚子，也不用擔心某年某月被山野劫匪擄去作苦力。

他問我怎麼好端端地做起了革命黨人。還沒等我開口爲自己濫竽充數的僞革命黨人身份辯解，他就對我說自古以來都是君王廟堂坐，百姓榻上安，你們革命黨人難不成要推翻帝制？這可萬萬不行！我見他這麼一講，有些起了興致，就反問他爲什麼推翻帝制在他看來萬萬不可。他說祖宗傳下來的規矩，怎麼能說變就變？如今這世道大亂，多少人顛沛流離，國破家亡後唇亡齒寒，雖說我是他老鄉，他也要堅持把這動亂的源頭怪罪在我和其他革命黨人頭上。

我聽他這麼一說，心裡有些五味雜陳，我不知道別的革命黨人是如何想的，至少在我的理想主義尚未完全幻滅之前，我還始終認爲革命的意義是將大家引向一個更美好的生活，即使不能是即刻的當下，也會是不久之後的將來，縱使身處其中的人要經歷陣痛，甚至要不情不願地脫一層皮，我依然堅信多年以後再回首來看，現在所經歷的一切都會是值得的。

「小兒」曾在曠野石崗的火苗下（我們初次碰面的地方）對革命黨人批判了一番，我當時雖然覺得她的話有些刺耳，但一方面耐不住睏意漸長，另一方面我認爲她的責難只針對革命黨人中的異端（我算不算革命黨人都要打一個問號），犯不著爲了革命黨人那虛無縹緲的名聲與一個剛碰面的女人在亂石崗裡爭論不休。「小兒」因爲厭惡革命黨人的緣故對我一直頗有敵意，這一路走來，她仍然刻意與我保持著距離，對此我倒也不介意，大家表面上維繫著和睦的氛圍就好，畢竟我和同行的其他三個女人相處得還算愉快。像我這樣的革命黨犯人，總不能要求生活在無暇通透的理想國之中。我剛踏上北平之行不久就明白了一個道理，即乞求事事如願，往往不盡如人意；對生活無欲無求，反倒會驚喜連連——這四個大姑娘已經是我去往北平路上莫大的驚喜了。

結合店小二的說辭來看，我實在有些太過理想主義，而且這一路上我也的確發現自己的思想總是太過搖擺，既不能算是個堅定的革命派（這時候我就應該據理力爭，爲革命黨人說話），也不是個堅定的反革命派（這時候我就不應該對「小兒」或者店小二的憤慨產生如此強烈的代入感）。在某種程度上來說，革命黨人或是「僞革命黨人」的身份認同既是矛盾對立的，又是和諧統一的，兩者纏繞在一起，如同一團亂麻般擾得我難以安寧。這也導致我的屁股坐在哪一邊都不夠牢靠。

我憤恨這徘徊不定的思想，但我明白像我這樣的人肯定爲數不少。身在革命年代，堅定的主義與路線對於我們這種普通人來說是奢求。換作和平年代，此時我或許仍在求學路上夯實自己對世界的認知，等這一切思緒都較爲融合自洽之後，我大概才會出來闖蕩社會。如今我不僅早早地（被迫）出來闖蕩社會，還得早早地（被迫）接受命運的最終審判，如此想來，眞是不勝唏噓。

話說回來，在不斷剝削不斷吃人的古法面前，至少在我這老鄉店小二看來，安逸穩定的誘惑仍然遠大於衝破牢籠後那模糊熹微的美好藍圖。個人形單影隻，群體也舉步維艱，我日漸明白這個時代也許並不存在什麼孕育革命的溫床，那些先前深植在我心中的，對於革命的美好幻象，在絕大多數人看來，或許都是些惱人的歪門邪道。愈發明白這樣一個現實之後，午門斬首對於我來說顯得不再那麼意義深重，反倒多了些戲謔和荒唐，我不再帶有任何光榮的使命，也不再肩負著爲千萬人的福祉而盡微薄之力的責任。

午門斬首就是午門斬首，我不再對其附加任何不切實際的美好理念。在店小二進進出出與我閒談的過程中，我滿腦子想的都是我的生命即將在不久後走到終點，這讓我愈發不能接受，我一想到自己餘下的時日就是受刑，只有受刑，不再有其他，就感到絕望。我有些惱怒自己爲何要思考無力改變的現實，如果我始終深信著自己的犧牲會是有意義的，絕望就將與我無緣，而永恆將會與我隨行。

我不知道是店小二的哪句話觸動了我，又或許是早在和店小二交流之前，絕望的種籽就已深埋在我的心裡。如今我在飄搖的木索橋上愈發靠近那連接著苦澀而滿是眞理的處女地，凌厲的風始終推我向前，我顫顫悠悠，極不情願地伸出腳尖。就在踏上處女地的那一刻，我背後的木索橋轟然墜落山崖，斷崖對面的溫柔鄉在驟雨疾風下日益模糊，而我也終究再無後路可退。

十三　跛腳鴨

母親的雙手背在身後，她斜倚在欄杆上，柔順而烏黑的長髮披散在肩的一側，白色的衣裙在身後綿延群山的襯托下顯得很是耀眼，不遠處西垂的紅日在她年輕的面龐上映出霞光，她抿嘴笑著，鏡頭下的母親有些青澀。當時執相機的人極有可能是我的父親，也可能是我的外祖父，或是別的什麼人，無論他是誰，我始終心懷感激。這張相片讓母親的影像定格在了多年前的一刻，那是迄今爲止我對母親的所有記憶。

相片是我在收拾外婆遺物時找出的——外婆在醫院過世後不久，我就依照之前和區委官員簽好的合約搬出了殘破的老屋子。我年紀小，做鞋匠學徒又不掙錢（沒交學費已屬不易），只好來來回回搬了很多次家，每次我都不忘揹著這張相片。後來我轉了正，有了穩定的收入，便從一個中年女房東那裡租下了一間與郊區跳蚤市場臨街的小屋。入住的當天天氣格外晴朗，清風拂面，我心情很好，就順手在跳蚤市場上買了個物美價廉的桃木相框。我把母親的照片像模像樣地裱起來，擺在屋內最顯眼的餐桌之上。

被紅衣太保沿街逮捕之後，我再沒機會回屋收拾行裝。當然了，房東太太看我這麼久不回家，又不續房租，準會把我的個人物品堆在門前的跳蚤市場上賣了。想到可能就此失掉那張珍貴的相片，我很有些難過。但一想到桃木相框能在多年後再回到跳蚤市場，我就又有些欣慰。

冥冥之中，我認爲母親的相片也會在日後的某一天重新回到我的身邊，雖然這無緣由的信念很有些自欺欺人的意味。母親的模樣早已深深印刻在我的腦海裡（這絕不像小時候的記憶一般模糊），即使永遠無法找回那張相片，相片裡的女人也將一直陪伴著我。這像極了我和大鬍子現在的情形，我始終把此時此刻的大鬍子與眞正的大鬍子分開來看待，就好像我把母親所具有的含義與相片上的女人分開來看待一般——在某種程度上來說，那個相片裡的女子不僅是我的母親，也是我的情人，是我在多年前初夏的黃昏裡僅曾見過一眼的年輕女人，更是我對年輕女人們的一切幻想。

自年初入獄算來，我在這監獄裡已經生活了一年，銅牆鐵壁下朝夕相處的都是些老爺們（我們這兒是男子監獄）。話說回來倒也奇怪，我對女人的渴望沒見有什麼增進（而我清楚自己不是同性戀），要不是不久前夢見了母親的相片，我的腦子裡還全都是些和工分借貸相關的瑣碎雜事，絲毫沒有年輕女人的影子。

工分借貸的推進還算順利，在得到「吃胡蘿蔔幫」高層的支持後不久，我所力推的工分借貸就在幫派內部正式運轉起來。工分借貸的實質是促使能者多勞的同時確保多勞多得，這讓本來死水一潭的監獄經濟體系煥發了很大的活力。生產車間的領導們抱著多一事不如少一事的態度，對工分借貸的事也是睜一隻眼閉一隻眼。我實則很感謝他們如此克制的態度，制度的管理者在不作爲的同時能夠向下放權，對於我們這些在囹圄內小範圍創新的改革派倒不見得是什麼壞事。

工分借貸的規劃和實施，在我看來是經過深思熟慮的，不然我也不會費心費力去推廣，其細節和優勢我可以舉個例子來說明。假設在施行工分借貸的「去胡蘿蔔幫」裡有兩名幫眾：甲和乙，甲的生產效率顯著優於乙，甲只需花七成力就能做好額定的工作，而乙需要花十分力才能完工。工分借貸之前，盈餘的工分除了買無處消費的生活用品外，並不具他用，也無處生產價值，這就導致了甲沒有足夠的動力在完成額定工作之後繼續保持其生產力。同樣的，因爲工分無處流通，滿打滿算完成額定工作的乙（工分一直沒有盈餘），也無法在其曠工期間維持足夠的工分去採購日用品。

工分借貸的實施保證了甲在完成額定工作後有足夠的動機去獲得更多的工分，再通過工分借貸的系統向乙借出多餘的工分，並爲之收取利息。乙也可以在因病曠工期間由借來的工分維持日常所需，再在之後使出十二分力去做工，並將工分連本帶息地還給甲。這樣一個體系的運作必須建立在工分仍有他用的基礎上，即甲可以在一定程度上將勞作（或者藉貸利息）所得的工分以一個合乎監獄體制的方式花出去。如此一來，工分借貸體系必須由官方背書，即使得不到監獄當局的背書，也必須要得到兩大幫派其一的背書，唯有如此，才能在與監獄管理者談判時有合適的籌碼以及相對可靠的公信力。

見監獄管理層的時候，我穿著一身筆挺的灰色囚服，腳底的帆布膠鞋擦得一塵不染，爲了顯得我格外乾淨整潔（値得託付重大任務），我還特地申報帶上大鬍子一同出席，因爲想到在流涎水的大鬍子身邊我一定顯得更加幹練利索。幾個獄卒領著我和大鬍子穿過了連接獄卒職工樓和囚室的天橋（我們都稱其爲A橋），轉了幾個彎兒拐進了一間亮堂的會議室。

「吃胡蘿蔔幫」的幫主和大長老已經在橢圓桌前坐定，他們背後站著四個獄卒維持秩序，幫主和大長老見我進屋，起身跟我寒暄了幾句，我感謝他們替我運作了這次談判的機會，他們拍拍我的肩膀，祝我馬到功成。

在此之前我從未近距離見過典獄長，他在台上發言我倒是見過幾次，如你知曉的，這種場合我從不放在心上，所以自然也沒留下什麼深刻的印象。典獄長進屋的時候，我畢恭畢敬地向他鞠了個上身彎成九十度的躬，起身的時候不小心刮到了典獄長腆著的大肚子，場面一度有些尷尬。之後我硬著頭皮上台陳述了我理想中的工分借貸體系，以及體系完善後的監獄運轉制度。典獄長自始至終一言不發，生產車間主任向我們提問，我也都一一作出了回應，比如工分如何記賬，獎懲如何公平。最後一個提問是關於多餘工分如何消耗的，我對此早有預料，這也是我此次與會的主要目的，即和監獄方面交接，探討出一個兩方合作的折中方法。畢竟工分記賬，獎懲公平一類的事都可以算作幫務，不勞監獄高層操心。

我提出的消耗工分規則如下：用一定量的工分來兌換休假，這個所需的工分數量很大，可以輕鬆消耗借貸者手中利滾利積攢而來的工分。而休假對於任何正在服役的囚徒來說都是剛需，不存在無處可花的情況。光是從囚徒角度來說顯然無法打動監獄管理層，我又轉而從監獄生產車間角度來說明工分借貸制度的優越性——可以極大地增進犯人的工作熱情，讓生產車間的績效提高至少二十個百分點。

生產車間主任聽到百分之二十，覺得這個數字很不合理，他質疑我如此樂觀，有違實事求是的精神。對此我早有準備，當即轉身在白板上推導工分與生產力的經濟學供需模型。我雖然是個學歷不高的鞋匠，但好歹也上過學（識得幾個英語單詞），再加上興趣即是最好的老師（爲工分借貸想對策），這段時間我一有空就去監獄的圖書館裡埋頭看經濟學原理。

我先是假設求導，把諸如「開心的工人效率高」之類的先決條件列在了白板上，畫好笛卡爾坐標系，再將「工分」和「生產積極性」標在兩條相交的軸線上，最後歪歪扭扭地畫好上揚和下抑的「Supply/Demand」曲線。毋庸置疑地，白板上推導的結果應證了我先前的論斷，即車間的生產力將再增長至少百分之二十。

會議室裡一陣沉默過後，典獄長皺起了眉頭，他跟生產車間主任耳語了一番後，拍拍桌子，起身離開了會議室。他走後沒多久，生產車間主任和幾個助理也隨他而去。我和「吃胡蘿蔔幫」的高層有些摸不清監獄方面的套路，身後如影隨形的獄卒見狀也不作停留，又拿電棍抵著我們走出了會議室，要押我們各自回囚房。臨分別前，被獄卒拿棍棒頂著的「吃胡蘿蔔幫」幫主回頭對我說：放寬心，此事不成也無妨。我有些感動，但礙於身後獄卒趕著我和大鬍子上路，我一時半會兒竟沒反應過來如何答謝。

過A橋的時候，我在心裡想了很多種可能，從好的到壞的都想了，與其戚戚然忌憚未知，不如欣欣然接受當下，這麼想著我心裡似乎舒服了一些。去生產車間要過B橋，到獄卒職工樓要過A橋（C橋連接獄卒職工樓和生產車間，我們不常走），這兩座橋我每天來來回回總要走上幾遭。然而過橋的多數時刻我都不具備眞切的自我意識，常是上一秒人在橋的這端，心裡有事兒或是意識斷了片兒，下一秒再注意時，人已經走到橋的另一端，即刻就要進入黑壓壓的大樓。

樓裡黯淡無光，遠不如橋上明亮喜人。縱使我知道自己尤爲喜歡在這天橋上感受微風拂面，瑣碎的雜事仍舊不斷在我腦海裡演繹，我模擬著事情可能被引導走向的其他路徑，並常常深陷在無力與妄想不斷切換所帶來的矛盾之中。就好比我在去往會議室的路上，的確經過了A橋，而那時候我滿心被一種自欺欺人的志在必得所充盈而無暇顧及身邊的景致，如果這麼說不夠眞誠，那我得承認當時我心裡仍有一個聲音督促我不要大意，只是這警惕的聲音被壓制得幾乎微弱如蚊鳴。那時我覺得這一天極有盼頭，未來的牢獄生活依然前景光明。可現在我的情緒稍微低沉了些，我想翻過A橋兩旁的圍欄，從橋上跳下去，化成飛鳥在X市的上空懶洋洋地盤旋。這絕不是什麼求死尋短見，和大鬍子朝夕相處了這麼久，我深信自身也沾染上了奇異的浪漫主義特質。如果大鬍子可以用及腰的長鬍子藉著朦朧的夜色上吊，有什麼理由阻撓我張開雙臂在碧藍的天空下飛翔？

瞧，這就是我的日常——除了工分借貸，我常會思考些稀奇古怪的問題，這在監獄裡很不尋常。大鬍子跌成了癡呆以後，我沒有了可以傾訴的對象，但這也難不住我，搬到普通囚室樓以後，我常利用去食堂打飯期間找人說話。大家不見得喜歡和我說話，我就只好自說自話。後來工分借貸順利實施起來，我成了監獄裡的大紅人，每天都有說不完的話，也有數不清的獄友要和我說話（美其名曰取經），我反倒開始懷念起那段沒人和我說話的清閒時光。

後來，典獄長找獄卒傳信給我和「吃胡蘿蔔幫」的高層，說他們覺得這個方案不賴，先批准我們小範圍施行。起初的幾天，「去胡蘿蔔幫」的幫主見我轉投敵對勢力，對我大加指責，甚至揚言要革除我的幫籍，並嚴令禁止「去胡蘿蔔幫」幫眾與我所主導的工分借貸項目合作。但由於引入了工分借貸制度，「吃胡蘿蔔幫」在車間內的業績越發優於「去胡蘿蔔幫」（各個車間由幫派人數佔比劃分勢力範圍），監獄內的多數流通物資也都被手握大把工分的「吃胡蘿蔔幫」成員把持。更令「去胡蘿蔔幫」幫眾不能接受的是，有些高產的「吃胡蘿蔔幫」幫眾還能隔一段時間就拿工分兌換休假，別人在生產車間累死累活地勞作，他們卻能在操場圖書館裡閑庭信步。

這樣一來，「去胡蘿蔔幫」的幫眾都有些負面情緒，大家對幫主抵觸工分借貸頗有怨言。「去胡蘿蔔幫」的幫主入獄前本就是強盜頭子，哪裡能忍受下面的人對其指手畫腳，他先是一連幾天在幫內肅清異己，罷黜了好幾個大吏（指責他們在私底下有串通敵幫的嫌疑），緊接著又加大宣傳力度抹黑工分借貸。

相比之下我就幸運了許多，我是個普通幫眾，但同時也是一個身在監獄裡知法懂法的老實囚徒，幫規對我的制約無非是形而上的，獄卒們制定的規矩才切中我的利害，只要我不依靠幫派撈什麼好處（沒爬到高層也撈不到什麼好處），自然也就沒什麼可失去的。心態調整得恰到好處，不僅讓我對革除幫籍的恐嚇絲毫不爲所動，還令我對那幾日集中的整風肅清運動抱有著一種看滑稽戲的態度。不久後「去胡蘿蔔幫」幫主也覺得整我沒什麼樂趣，便不再對我單獨通報批評。我其實倒希望他眞的把我開除幫籍，做一個不站邊的中立獄友，大概會對我運營推廣工分借貸更有幫助。

那幾日去飯堂打飯，我經常聽到排隊打飯的獄友們高談「去胡蘿蔔幫」高層的政治鬥爭。令我印象深刻的有一例，說是有個大吏因爲眼紅「吃胡蘿蔔幫」不斷高漲的車間業績，也偷偷在自己所處的生產小組內部發起名義上的工分借貸，可惜沒有良好的規劃和預先準備的工分啓動金（大鬍子賬戶上的海量工分是我們的啓動金），工分鏈沒幾天就斷了，事情沒辦成不說，還被幫主知曉了自己在私底下搞的小動作，落得個被罷免的下場。被罷免也就算了，這本談不上什麼政治鬥爭，但我聽人說一同參與搞小動作的還有一個督查使，本是安插在大吏身邊監督其有無逾越幫規的舉動（對於「去胡蘿蔔幫」來說是偷吃／誤吃胡蘿蔔）。東窗事發後，按理來說這兩人都應當被罷黜，誰知道那督查使非但沒有被罷免，反而官升一級至長老候補。「去胡蘿蔔幫」裡一時間議論紛紛，有的爲力圖改革的大吏鳴不平，有的私底下揣摩那督查使背景似乎夠硬不好惹（是幫主的老表），還有的爲了拍幫主馬屁，大張旗鼓地宣傳起「工分借貸，勞民傷財」的狗屁理論。聽到這些言論，我倒不覺得受了多大的傷害，經歷了這一年的是非，我早就明白一件事，即無論在什麼時代什麼地方，總有人睜著眼睛說瞎話，要想活得順心，你就得尊重別人睜眼說瞎話的權利。

工分借貸小範圍實施後的一個月內，眼見著「吃胡蘿蔔幫」幫眾的小日子過得越來越滋潤，越來越多的「去胡蘿蔔幫」幫眾和先前沒入幫的獄友都想要參與到工分借貸之中來。監獄高層覺得這一個月的試驗頗有成效，生產效率果眞提升了百分之二十（在由「吃胡蘿蔔幫」主導的生產小組內這一數字甚至更高），便傳話給我和「吃胡蘿蔔幫」高層，說可以放開之前小範圍試營的限制，將工分借貸推及到整個監獄範圍。我和「吃胡蘿蔔幫」幫主商量了一下，決定在操場活動期間去廣播室跟全體獄友傳達這個消息。獄卒顯然是接到了管理層的旨意，我們申報使用廣播室的請求一經提交便得到了批准。

在廣播室裡念稿子的時候，我才總算是知道了「吃胡蘿蔔幫」幫主的名字，共事了一個多月，我一口一口喊著幫主，叫得比自家幫主還親切（也的確更親切），卻連人姓甚名誰都不清楚，想來也是尷尬。稿子的開頭是這樣的：尊敬的獄友們你們好，我是「吃胡蘿蔔幫」現任幫主伍ＸＸ，站在我身邊的是工分借貸的發起人吳ＸＸ（幫主的名字和我的名字發音極爲相似），我們有一個好消息帶給大家。

稿子是「吃胡蘿蔔幫」裡一個曾做過文員的幫眾寫的，據說是幫派裡的文化人，可我覺得寫的就是些狗屁玩意兒，全文讀下來沒有一點「好消息」所特有的喜慶氣氛。要不是幫主決定以此次廣播佔據輿論宣傳的制高點，而堅持啓用手下的文人，我一定會毛遂自薦寫一篇稿子。別看我是鞋匠就以爲我不會寫文章，眞換做我來寫，宣傳的效果肯定要好上不少。你還別不信，有些人天生就能寫出好文章，經這些人所寫的文字更是一經落筆就具有鼓舞人心的魔力。

自古以來群眾都是用腳投票的，廣播通告過後的幾週，監獄裡暗流湧動，未入幫籍的獄友越來越多地加入了工分借貸體系。「去胡蘿蔔幫」的幫眾所面臨的情況則要複雜得多，有些膽子大的幫眾公然違抗幫主的旨意，向我們遞交申請，膽子小又有意願加入工分借貸的就私底下偷偷遞交申請。我沒有退出幫籍，作爲「去胡蘿蔔幫」的一分子，我仍然好意維持幫派團結，爲了不再致使幫派衝突規模擴大化，本著內部矛盾內部解決的態度，我把這些來自「去胡蘿蔔幫」的申請都暫時凍結，又託人傳話給這些申請者，叫他們謹遵幫派高層的旨意，不要像我一樣離經叛道不知好歹。

一月的一個清晨，我正享受著多餘工分兌換來的閒暇時光而不必去生產車間勞作，大鬍子不願意休息，他一直保持著旺盛的精力在研磨組幹活（常常是一個人攬下三個人幹的活）。由於大鬍子的賬戶裡工分盈餘極多，我作爲他的代理人，不僅可以將他的工分以不高的利率借貸出去（因此深受獄友歡迎），還可以隔三差五休假而不去車間報到（我們兩人的工分賬戶綁定在一起），車間主管覺得我推廣工分借貸促使生產效率提升，有大功，再說在制度體系內用工分請假合情合理，他也充分尊重我的選擇。

那天清晨我正在圖書館裡和一個管理員就一個二元論展開了詳實的討論，由於之前我在飯堂裡自說自話的主題通常都圍繞著廣義上的二元論（比如圓與非圓在美感上的差異，人與非人在智慧上的異同），對此我深有些心得。那天探討的主題我倒是還有些印象，是關於長期或是短期允諾的激勵之於人們主觀能動性的刺激有無影響。這麼說起來有些抽象和晦澀，那個圖書館管理員給我舉了個例子，現在我們X市的監獄裡關押的都是些被傳統量刑的囚犯，比如說張三因爲搶劫民宅被判了十年徒刑，李四因爲殺人卸貨給判了無期徒刑。對於這些重犯來說，理論上存在的出獄大可認爲是無上的激勵，但往往獄中時日以數年來記，就他作爲圖書館管理員的角度來看，這些人的主觀能動性往往極差，做什麼事都無精打采，不求有功但求無過，他覺得歸根到底是因爲激勵兌現的時限太過於長遠，囚犯無法有效地調動起他們的主觀能動性去改善自己的處境。

我正和圖書管理員聊得起興的時候，操場外傳來了一陣嘈雜，我沒怎麼留神，估摸著是有些小團伙對個體實行了定點打擊。如你所知的，這樣的事之前常發生在大鬍子身上。但隨著工分借貸的施行，大鬍子在監獄裡的地位越來越高，獄友們都知道大鬍子不好惹，誰要是得罪了他，也就是得罪了我，和我身後由「吃胡蘿蔔幫」以及監獄官方背書的工分借貸系統，換做是誰都得吃不了兜著走。

這種事情見多了，我和圖書館管理員都對外面發生的騷亂無動於衷。他接著向我提出和勾勒了一個假想的量刑方式，即不再在入獄前給囚犯定一個服刑時間，而是規定其要在入獄後做出額定的社會貢獻，這個貢獻可以量化得極爲精準，而且可以用當下社會資源的稀缺來動態調節。舉個例子，如果當下糧食稀缺，那麼監獄就應該適配更多的犯人去種植糧食，再規定單人產量每滿一噸可以減免常規刑期一年。如此可以極大的調動囚犯的主觀能動性，畢竟時間看不見摸不著，但滿滿一噸的糧食倒是真實可感而又對社會大有裨益。

我對那個圖書館管理員說我很認可他的提議，我所推廣施行的工分借貸系統其實本質上來說就是爲了調動囚犯們的主觀能動性，以期提高車間內的生產效率。換句話來說，我和圖書館管理員都認可短期可感的激勵對於人們主觀能動性的調動大有益處，而現有的制度和體系需要改革派的助力才能重新煥發生機。

自從我開始實施工分借貸以後，我有越來越多的時間可以泡在圖書館裡。圖書館在囚室樓的底層，屋頂四周的牆壁由透明的玻璃填充，屋內採光很好，但是因爲沒有窗戶，借閱書籍的犯人無法看到屋外的景致，這樣的無窗設計遵循著這座監獄一貫的設計理念，即這是自成一體的小世界，一切向外的窗戶都是多餘而無用的。

那天傍晚的時候我才知道白天操場的騷動源自「去胡蘿蔔幫」的政變，據說「去胡蘿蔔幫」的三個長老策劃發動了突襲（另外兩個長老顯然趨於保守而不願參與），將「去胡蘿蔔幫」幫主控制起來奪了他的權，對外宣稱是革除幫內老朽殘餘，積極擁抱工分借貸。因爲此次政變發生在一月，權力的交接很平穩，又沒有大面積流血事件（原幫主實在太失人心），在「去胡蘿蔔幫」悠遠的歷史上被稱作「一月光榮革命」，不久後便被寫入了幫規章程。

正如過去時代的偉人所呼籲的一般，一個無法滿足廣大人民群眾需求的政黨不是一個好的政黨，同樣的，一個無法滿足廣大幫眾獄友需求的幫派也不是一個好的幫派。所幸「去胡蘿蔔幫」的高層審時度勢，在幫派分崩離析的懸崖前勒了馬。

自「一月光榮革命」之後，他們主動加強了和「吃胡蘿蔔幫」在工分借貸上的合作。隨著權力的洗牌，之前追隨「去胡蘿蔔幫」幫主的中高層幹部被一個個清算（那個由督查使提拔爲長老候補的幫主老表直接被貶爲庶民），而先前被清算的又都一個個平了反官復原職，比如那個在車間內進行工分借貸實驗的大吏，當然他們也爲之前對我的污名化通報做了一定程度上的平反。

「去胡蘿蔔幫」原幫主在政變下台後倒也沒受到什麼迫害，只是聽說他憤而退了幫籍。後來再見到他的時候，已經是監獄全線解放後，那個時候他高舉雙手接受革命黨人的全身檢查，我遠遠地看著他，總感覺他身上那股強盜頭子的戾氣也不再像以前那麼重了。

多年後，如果讓我再回首自己的這段監獄生涯，工分借貸一定是值得大書特書的一段，當時我滿心沉浸在抱負實現的喜悅之中，我的工分借貸項目在監獄內蒸蒸日上，誰又在乎監獄外的政府是不是日暮西山呢？

十四 一二一

來到從未踏足過的城池，人們總會有先入為主的第一印象，而這印象到底依據什麼，卻總是因人而異。就我自己的經歷來看，有些人會因為城牆磚的新舊程度而喜歡、熱愛或者厭惡一座城市，也有些人會以列隊值守的官兵是否和藹可親來評判一座城市，更有甚者，會以氣味來作為對某個城市的第一印象。這些喜惡的評判標準，初看好像都傳達出幾分慵懶與不經意，但深究起來卻又有一絲不易為人覺察的刻意。

舉例來說，城牆磚的新舊程度反映了一座城池是否年久失修（城市的財政賦稅能否維持軍費保養的開支），官兵們的態度反映了守城將士是否訓練有素（軍民能否上下一心），至於以氣味來評判一座城市是否太過武斷，則還要具體問題具體分析，至少從我的個人經驗來看，鮮少有人會對充斥惡臭的城郭留有美好的印象，而一座花香四溢的城市對於初來乍到的旅人來說，則多半與浪漫喜人相去不遠。這種直觀的推論合乎常理，本無可厚非，但要是細究起來，氣味倒也並不像其所呈現的一般，與周遭的環境毫無關聯（是個完完全全的直覺體驗）。人們善於聯想，也克制不住地需要聯想，因此對多數人來說，以氣味來作為對某個城市的第一印象，並不在於氣味的本質，而在於美好氣味的表相下通常伴隨著富饒宜人的實質。試想有人初入一座城市，目所能及處餓殍遍地，在這個時候，縱使城裡因大戶人家禮樂焚香而芬芳十里，我想他也絕不會對這座城市產生美好的第一印象。

這麼說來，「第一印象」這個詞對於多數人來說並不只是「第一印象」，而是在眼耳口鼻舌身意接受一系列外界信息後，通過假設推演所得出的理性認知。其對立面，即感性認知（諸如人們日常主觀上所認同的「第一印象」），則往往被用作搪塞的藉口，以此在平日湧動的暗流中或有意或無意地掩飾些許不願明說的刻意。

有這種想法並不代表我持有絕對主義的樸素價值觀，從某種程度上來說，我更傾向於實證導向的相對主義，並且仍舊相信感性認知在人們日常決定乃至個人喜好上佔有相當大的話語權。就好比說我已經具備瞭如上所述的二元方法論，並不斷嘗試著運用這種二元方法論對身邊人的喜好和決定做看似中肯的剖析（究竟是感性使然還是理性驅使），通常來說我總能找到一個還算折衷並令自己滿意的結論（如上文中對他人就城市第一印象的剖析），但在剖析我自己的喜好和決定的時候（我在剖析前一般都自有立場），由這種二元論的思辨方法所推導出的結論則往往不盡如人意。

如今我對淄地的五座城池也有了一定程度上的了解，這些天，當我一個人在驛站馬廄裡的囚車上過夜的時候，我就時常思考關於城市第一印象的問題而久久不能入眠。這一路下來，我早已習慣了進城時窩坐在囚籠裡，也早已習慣了小衙役進城後的刻板活動，他通常會先去附近知名的酒家花公費吃上一頓好的，再將囚車停到臨近的驛站。自四姑娘與我和小衙役在不具名的曠野石崗裡相遇後，色彩成了我對初入城市的第一印象。這一印象非常具體可感，因爲四姑娘的八條長腿以及隨風搖曳的裙擺將囚籠遮得虛虛實實，而透過五彩的絲綢衣飾向囚籠外的城市望去，即便是最尋常的景致也會讓我浮想聯翩。這聯想來得沒有絲毫緣由，但僅這些色彩的聯想就足以構成我對淄地五座城池的第一印象，他們在我腦海裡的色彩紛繁不一，因獨特而久不消弭。

以我一貫有之的思辨來說，色彩似乎只是我對一座城池的感性印象，而並不具有更深層次乃至讓我不願明說的刻意。爲了得到更多的論據來進行更有深度的思辨，白天的時候我抽空間四個騎坐在囚車上的大姑娘，她們對於一個城市的第一印象是什麼。「小兒」一般對我不怎麼理睬，在她眼裡，革命黨人即是動蕩的原罪，我既不能忝著臉去求和套近乎（我暫時還放不下架子），也不能撕破臉皮對此顯出特別的不高興（和守了寡的小娘們計較總拿不上檯面），所以多數時候我都會同時向四個姑娘發問，而只期待其中三人回答。

如文章開頭所舉的實例，「高兒」說她沒進城前喜歡看城牆磚的新舊，這一路走下來，對於城牆磚太老舊的城池她總是提不起興致。「尖兒」不太同意小姐妹「高兒」的觀點，她說城牆磚老舊才富有歷史感，對於她來說，更重要的是守城將士是否看得順眼兒，她說初入淄地的第一座城池就很不錯，那個盤查我們的青年官兵一看就是個小雛兒，自己對他只稍稍嬌嗔打趣，人就臉紅到了脖子根，好生可愛！「美兒」說她自幼喜歡花香，花開花謝皆因時節而變，所以對於她來說，踏訪一座城市的時節決定了她是否能聞得到花香，也間接決定了她對這座城市的第一印象。

話說回來，去往北平路上的城池大大小小數十座，而我對這些城市的印象林林總總，要說到第一印象，除開淄地的色彩外，我卻時常回想不起來。這也不能怪我，大多數城市都建造得千篇一律，無論是南方還是北方的城市，在外城都有磚石壘砌的城牆。南方多雨水，城池外一般有深挖的排水溝渠蜿蜒繞城一周，既疏導了居民用水，又起到了護城河的功用，城牆多由青磚鑄造，氤氳多雨的氣候常在石板石磚間催生出苔痕，依據苔痕的深淺便能推測出城牆修築乃至翻新的年代；與南方有所不同，北方氣候多乾燥，引渠而建的護城河偶露乾涸之跡，城牆由灰石混著夯土而造，經年累月間，時有自北方大漠而下的風沙席捲碎石而來，爲龜裂的城牆表面蒙上一層薄薄的黃沙。無論南北，那些剛經歷攻城戰的城牆上都會有形狀各異的缺口，像是豁了牙的猛獸憋著一肚子氣無處發洩，只能張牙舞爪向來人無聲地嘶吼。城牆下傾塌的碎石一時間無人來打理，而不遠處凸起的黃土塚包裡則埋滿了無人前來認領的敵軍將士遺體。

內城裡，沿街的商鋪緊挨著巷子裡的民宅，小商小販和市井人家在白天的集市上喧鬧紛繁。夜晚打更後，除了驛站又很難再找到一處徹夜燭火通明的場所。如此寒來暑往，年復一年，由喧囂和清冷交疊著的城市，構成了這片大地上多數人們活動生息、悲喜其間的主體。可想而知的，無論是在我踏足之前亦或是造訪之後，城市的面貌或許會有變，而那抽離於表象之上的流動實體卻不會輕易改變，人們依舊會日出而作，日落而息，身處亂世則攜家眷避難以遠離是非，適逢和平年代則安居樂業以休養生息。正因爲如此，時代不會輕易展露給局中人以闊步向前的美好假象，那一切看似不變的實體既是根植於人們內心的深情故土，又是拖拽人們於泥潭之中的永恆桎梏。

於我個人來說，這些城市和去往北平的沿途所遇構成了我生命最後時刻的圖景，對我有著非凡的意義，而對於這些佇立許久的城池來說，無論是革命黨人最終贏下了江山，還是天子最終保住了社稷，我都注定只是這些城市目送而去的又一個過客而已。正如歷史不會留下我的名字，這些城市也不會記住我，對此我想得很通徹，早已沒有了任何怨言。

在淄地最後一座城池的驛站裡，小衙役安頓好了四姑娘，又把囚車牽到了驛站後面的馬廄裡，他給我添置了一條新的棉被，並對我說自己剛問了驛站裡的伙計，今天可能要下雨，叮囑我今晚在舊棉被之上再多蓋一條新棉被，不要著了涼。我向他打趣：這都快要到北平挨刀子了，難道還在乎著涼嘛？他嘆了口氣，說離北平還有好幾天的路要趕，讓我照顧好自己。我聽了有些感動，不知該怎麼接他的話，想到一路上和小衙役所經歷的種種，我明白小衙役此時也和我一樣，在我就要臨近的大限面前有些難過，但公私的界限明了，他體恤的好意我能心領，而押送我去北平斬首是他不能推諉的責任，我並不因此而怨恨他。

天還未黑的時候，大雨就如期而至，黃豆粒大的雨珠順著馬廄頂棚的茅草滴落，不消多時便在地上積起深深淺淺的黃泥水窪。淡墨渲染的天空此時正投映在水面上，紛繁墜落的雨滴和因此激起的漣漪久不停歇地打散著水中雲翳的倒影，馬兒在一旁瞪著大眼咀嚼著牆角邊所剩不多的乾草，而我在囚車裡盯著棚外的大雨出了神。

一個驛站馬夫打扮的男人在這時推開了馬廄的柴門，他戴著一頂竹篾編織的樵夫帽，寬大的帽簷爲其擋住自頭頂傾盆而下的暴雨，藏青色的粗布衣裳被他收拾得極爲乾淨利索。他從臨門的風乾木屋內抱出一捆乾草，挨個推開圍住馬匹的柵欄，給馬兒們換飼料。走到我這裡的時候，他一邊熟練地拍著馬兒的屁股安撫它，一邊兒低頭問我是不是革命黨人。

這同樣的問話我先前就聽過，沒記錯的話，那是我和小衙役還在皖南重鎮的時候，當時那個來自大不列顛的傳教士正在酒館門口給聽客們宣講西羅亞樓倒塌砸死耶路撒冷市民的故事，一個身材矮小的中年男人就在那時問過我同樣的話。此時此刻聽到這稍顯唐突的詢問，我竟有些恍惚。戴著樵夫帽的男人沒有抬頭看我，他仍然彎著腰在擺弄馬兒的飼料，見我許久沒有迴聲，他又說：是革命黨就說是，我是來救你的。

在皖南重鎮的時候，那個身材矮小的中年男人也對我說了類似的話，只不過他前腳剛說完這番話，後腳就隱沒到人群中去躲避當時來勢洶洶的官兵。之後我從未再見過他，那個矮個子中年男人所言的營救我也早已沒放在心上。我想眼前這個戴著樵夫帽的年輕人絕不會是那位矮個子中年男人，因爲兩人身形沒有一分相似。話說回來，如果此人眞是喬裝打扮後的矮個子中年男人，他也不必再浪費口舌詢問我是不是革命黨人，經歷了在皖南重鎮裡的一切後，我是不是革命黨人在他眼裡應該是不言自明的。

他搖了搖囚車想要引起我的注意，我才像是回過神一般木訥地應和了他。他聽到肯定的答覆後，便沒再說什麼，只是從懷裡掏出一串黃銅鑰匙，嫻熟地打開了囚車的木門以及我的腳鐐和手銬。我問他這囚車和腳鐐手銬的鎖難道從來不曾換過？他搖了搖頭，催促我抓緊時間，隨後他從兜裡抽出一柄黑色的油紙傘遞給我，叫我沿著主街往北再穿過五個巷口，藥材店的對門那裡會有人以油紙傘爲信物接應我。我問他我這一走，他怎麼辦。他叫我不要擔心，他有辦法應對。這時我才看清他的臉部輪廓，是個二十來歲的青年人，眉宇間有一股剛毅和生猛。臨行前我緊緊地握住他的手向他表示感激，他盯著我的眼睛說革命一定會成功。

離開馬廄的一瞬間，我像是重獲新生一般，長久以來橫亙在我面前的午門斬首在那一刻不再具有切實的威脅，我想到自己還將有綿長的一生可以去慢慢度過，便止不住地想要哭泣。自被欽差大老爺批捕以來，我終於第一次享受到自由的甘醴，此刻雨珠劈啪打在黑色油紙傘上，而在那之上的是無遮無攔的天空。如果不急著去藥材店門口找接應，我大可以在街角巷尾任著性子來回踱步，也可以不顧積水盤腿坐在石磚鋪砌的台階上，沒有了手銬和腳鐐的束縛，只要我願意，我甚至隨時可以在平地裡翻個跟頭。我滿懷期待地看著來往的行人以及沿路的店家，卻又要掩飾此刻內心的狂喜。多數店家正拿出早就備好的盆具盛接著自天庭傾瀉而下的雨水，行人們匆匆擦肩而過，自然不會注意到走在他們身邊的是一個重獲新生的年輕人，他的命運剛被改寫，對此他滿懷喜悅與感激。

穿過第五個巷口的時候，我看到了被大風吹歪的藥材店鋪門匾，然而我並沒有在藥材店對門見到前來接應我的人，我想到這黑色油紙傘也許並不招人注目，便刻意將傘舉高了些。我環顧四周，身後突然有人向我低聲發問：這黑色油紙傘可是受人所託？我回頭看過去，一個長鬚男子執傘立在我身後，我問他是否就是來接應我的人，他點點頭，請我隨他而去。

我跟他一路沿著主街向北走，直到來到一座客棧，長鬚男子領著我從後門上到三樓的一間客房，關上門後我問他接下來什麼計劃，他說明天打鳴前我們就離開淄地這座城池向北去往革命黨人的根據地。我對他說沒想到自己還能被救出來。他說：你現在還不算被救出來，淄地這裡的防衛很森嚴，如果官府在明天清晨之前發布對你的追緝令，我們就很難再出城了。我說押送我的小衙役還照顧著四位守寡的大姑娘，他們通常在打鳴後才動身，我們不用擔心出城的問題。長鬚男子說這就好，他還要回到藥材店門口，看此行能不能再多救出幾個同伴，他說他大概午夜的時候回來，並囑咐我不要出門活動，如果有人敲門不要應聲，說罷他就掩門而去。

我打開客房內面向主街的窗戶，向下望去，大雨仍舊如注，街上的行人此時多已用起了雨具，一頂頂撐開的油紙傘在雨中向四面八方移動著，像是浮在水上隨波逐流的萍葉般漫無目的。在雨聲與市井的喧囂裡，我想到了這數月乃至是我生命裡的很多細節，從我被欽差大老爺沿街抓捕，到因爲對坐標系的解讀有誤而在升堂時判定我是罪無可恕的革命黨人，我想到了自己也曾留過長辮，那截被前朝狗頭鍘斬去的辮子不知是否還躺在大堂的角落裡，又或是早就被澆上油點著火燒了。

我望著客棧酒家的門樓，忽然想到了那顆眉心有著棕色痣印的「洋如來」，他應該早就離開了東門的那家小酒館，去往其他地方傳教了。我不知道還會不會有好事的伙計契而不捨地追問他諸如「上帝和玉皇大帝誰的法力強」之類的問題，我倒希望還有。我想到了我那開鞋店的洋人老闆，如今回想起來，他對我眞的挺好，從不苛責我用多餘的皮料去踐行自己對於製鞋藝術的追求，我被定性爲革命黨人後他一定很是驚愕，也不知在這動蕩的時局下他有沒有關掉店面離開這片他生活了十數年的國土。如果製鞋生意照舊的話，那個來自江南的大胸脯女幫工，不知道她還在不在店裡？當時我始終沒有鼓足勇氣和她說上幾句話，如今想來可眞是滑稽可笑。我還想到了被我私底下取名爲「美兒」，「高兒」，「尖兒」，「小兒」的四個守寡的大姑娘，她們要去北平尋找已在家鄉埋入衣冠塚的夫君們。我想到了那片星空下的原野和原野之上的亂石崗，北風在呼呼地吹著，而篝火間若隱若現的鴛鴦浮萍在被絮上不再情意綿綿。我想到了淄地那個童年坎坷的店小二，我們本是同鄉卻命途迥異，我還想到了在半夢半醒間帶我逃離北平路上一切苦厄的白衣女人，我甚至想到了我那有著千金小姐和革命黨人身份的妻子，以及與之而來的另一段人生。

可到了最後，我想到的仍舊是小衙役，我想到了我們這幾個月所共同經歷的悲喜。要不是官府衙役之間經常發生欺凌，小衙役便不會攤上押送我去北平的爛差事。我常常想到要不是小衙役押送我去北平，這一路上該是多麼無趣。我大概率不會每到一座城市就能去最好的酒家品嚐小衙役給我打包好的佳餚，也大概率不會在曠野上遇到四位守寡的大姑娘，更萬無可能在走向絕路的時候仍舊對生活充滿著希望。

這些天我常做一個場景不斷變換的夢，但夢裡的小衙役總是在大路上趕著馬兒向前走，他戴著一頂給衙役官差所配的硬頂紅邊帽子，辮子耷拉在背後，他頭也不回地和我說自己就要回鄉娶媳婦了。我問他要娶誰。他說是茶花女。我說：茶花女已經嫁給茶商公子哥做了小妾，你快醒醒吧！小衙役咯吱咯吱地笑，他說沒有醒來的是我，茶花女是他的青梅竹馬，又怎麼會離開他。

每次夢到這裡我都會醒來，我想到在小衙役父母所住的茶山上，那片綠意盎然且終年不落葉的茶園裡，小衙役經歷了一次夢想與所求之物的破碎，每每想到那天晚上他睡在後院門檻上的身影，我都會抑制不住地心疼。像小衙役這樣單純的人，難道非得被塵世打磨得圓滑世故，乃至於丟失了所有的美好念想之後，才能獲得眞正爲人所稱道的成熟嗎？回想這一路下來，小衙役總是一邊哼著小曲兒，一邊不時地和我談起自己的事，結合他跟我說的那些故事和經歷，我常會感到難以自持的失落，並由此而隱隱地生出一種想要好好保護他的衝動。

我突然間意識到，自己這一走了之會給小衙役招徠殺生之禍：押丟了革命黨犯人，可是重罪。小衙役曾跟我說過，那個革命黨人所憧憬的世界對他來說太過遙遠，他還沒討到老婆，還不想死。我向小衙役保證，他一定會討到老婆的，即使不是茶花女，也會是另一個美好的姑娘。而如今押丟了我這個革命黨人，小衙役的世界會支離破碎成什麼樣呢？他的雙親如果知道小衙役是因爲押丟了我這個革命黨犯人而掉了腦袋，又會有多麼的難過。在這件事上我沒法置身事外，某種程度上來說，我和小衙役不一樣，我的雙親早已不再，並且我一直是孤身一人。如果終究有一個人要掉腦袋的話，那個人應該是我，而不是小衙役。如果說我被以革命黨人的身份抓住斬首尚且無法怨恨任何個體（欽差大老爺也是因爲坐標系的不同才誤判了我），那讓小衙役掉腦袋的罪責可就全在於我了。

想到這，我很是坐立難安，進而鼓起了勇氣，拿起倚在牆角的黑色油紙傘，推開房門一路小跑上了主街。此時天色已經暗沉下來，路上的行人日漸稀少，大雨卻仍舊傾瀉而下，我沿著舊路跌跌撞撞地摸索回了臨近藥材店的巷口，那長鬚男人依然在角落裡等待接應著下一個前來逃命的革命黨人。我躲開了他的視線，直奔驛站的馬廄。

也許在外人理性的審視下，我是個徹頭徹尾的傻瓜，我明白自己的做法有很大一部分出於感性，這感性的一面也注定會讓我喪命，可人就是在感性與理性之間不斷妥協而搖擺的，單獨割裂出的純粹理性亦或是純粹感性都是一元的認知，因此都不眞實，也並不具有任何現世的指導意義。與此同理，二元的認知也並不能替代最後一元的決定。就好比在這雨夜裡，我思考過死亡，思考過生命，思考過今後的人生，有我自己的，也有別人的，但是這些理性的思考並不能壓倒我對於即將給小衙役帶來不幸的深切愧怍。因此，即使我的最終決定是感性的，對於外人來說是一元的，也並不意味著這個決定的背後完全出自於感性：沒有誰比我更加明白，從客棧逃離的那一刻起，我接下來要走的路就已經被注定了，而這份注定的死亡並不帶有任何自欺欺人的意味。

站在囚籠裡，我披上了小衙役給我新添置的被絮，來抵御馬廄草棚外的濕冷。隔著飄潑的雨幕，我仍能依稀看見小衙役緊挨著馬廄的客房，那臨窗的燭火被屋外風雨吹淋得閃爍搖曳。我在睏意的驅使下逐漸睡去，因而那臨窗的燭火在夢裡便不曾熄滅。

十五　美麗新世界

自「一月光榮革命」以來，工分借貸逐漸步入正軌，我也因此受益良多，時常得空在圖書館裡翻閱書籍來消磨時光。圖書管理有關蔓茉莉的藏書總是深深地吸引著我，這或許源自我對於蔓茉莉素來就抱有最誠懇的好奇，我好像篤定了這座奇異的建築正如眾人所說一般，收納了X市的所有過去，因此你也可以說，我是對蔓茉莉所承載的過去分外好奇。如你所知的，外婆從小拉扯我長大，但直到她在病榻上嚥氣，外公對我來說都是個諱莫如深的迷，更別提我那素未謀面的父親與只留有一張照片的母親。在外婆去世之後，我與過去的聯繫變得越發疏離，當個體的過去被埋沒在無人與說的混沌裡，自然而然地，我就想要去找尋集體的過去，以期在其中找到與個人相關聯的蛛絲馬跡。對此我曾有過不少切實的打算，雖然未能一一付諸行動便被充作革命黨人入了獄，但隨之而來的好奇反而在入獄之後漸長，並在工分借貸推廣之後達到頂峰。

在這些介紹蔓茉莉的藏書中，我尤爲鍾愛一本圖鑑，裡面詳細介紹了蔓茉莉的建築結構以及捲軸收錄系統。作者是五十年前主管蔓茉莉的官員，有趣的是他在書中特別聲明，除了影印圖像，一切插圖皆爲他親筆所畫，他可能也明白讀者本不在意這些細枝末節，但經他這麼一說，倒讓我在書中見到工筆細膩的插圖時都會對他生起幾分敬意。

依據書中的文字描述和配圖，蔓茉莉總共有四層，分爲地上一層和地下三層，當時蔓茉莉正經歷其自遠古修建以來的第一次大規模翻新（據傳蔓茉莉始建於五千年前），象徵著近代開端的照明設備英萊藤在成書前五十年才出現，依據這近代開端的時間軸，蔓茉莉被生生隔成了兩個區間，地上一層存放近代之後的捲軸（距今一百年內），地下三層裡則存放著近代之前的捲軸（距今一百年前）。

提到近代之前，那是人所周知的蠻荒年代，沒有英萊藤，人們只有熏著黑煙的煤油燈以及因電流不穩而閃爍不定的白熾燈。就在人們被劣質光源困擾了數百年後，英萊藤帶著讓人們沐浴在純粹光明之中的願景，如其所宣傳的一般，不再消耗我們這個世界的物質和能量，而只是發出持續穩定的光芒。這個小小的照明設備像是從魔法世界而來，沒人知道究竟是誰發明了它，也沒人能弄明白其背後的原理，據傳是一個郵局快遞員在周六清晨的綠化帶上撿起了這麼一個古怪的透明球體，因爲只要用手觸碰便可以持續不斷地發光，不久便被機敏的燈泡生產商以高價拍去，自此之後生產的每個英萊藤都與最初的那個一模一樣（在被拘捕前我家裡也有幾盞英萊藤）。

可以預料的，英萊藤的推出很快俘獲了社會精英們的心，人們願意花高價錢買下一盞英萊藤，以便在漆黑無月的深夜裡一覽純粹光明的奧秘。自古以來，新生事物由精英至大眾的普及都是極爲漫長的過程，英萊藤之於大眾的普及則著實花了很多年，一方面因爲英萊藤奇貨可居而價格過高，另一方面大家或多或少認爲舉頭三尺有神明，一個無所消耗而只是給予的照明設備聽起來便有貓膩。既然有價格不高的電燈泡（雖然電流時斷時續，流明也不足英萊藤充足），普通老百姓們便沒有十足的理由去接受一個充滿未知的新事物，遑論這新事物不僅價高還違背人們的物理常識。

轉機出現在大約二十年前，X市政府面臨日益嚴峻的能源壓力，終於開始大力推廣英萊藤，並隨之陸續頒布了一系列法規，諸如勒令英萊藤廠家降價（來鼓勵居民購買英萊藤），規定一切新建基礎設施都必須配備英萊藤照明（來打消大眾對其不明魔力的恐懼），逐步控制傳統電燈供給並督促傳統電燈廠商向英萊藤廠商轉型，對於那些在政府註冊登記的困難戶，政府還向他們發放免費的英萊藤。這些法規的推出和實施，讓英萊藤逐漸替代了電燈，電廠的負荷與鼎盛時期相比也降低了一大截。到如今，比我更年輕的一代人裡甚至有很多都未曾見過電燈。由此可見，英萊藤早已與人們的生活密不可分。

自然而然的，由英萊藤所帶來的「光明隨處可取，光明了無代價」，就如同「過去不會消逝，過去在蔓茉莉裡」一般，已經是深入人心的共識。雖然不了解英萊藤運作的機理（我相信沒人眞的了解），但由於經常接觸，我早已將其存在看作是生活的一部分，因而不會對其產生無窮無盡的好奇。與之不同的是，蔓茉莉雖然和我長久地處於同一地理空間之中，但由於安保和歷史問題，它不僅在機理和功能上是神秘的，就連其存在也是神秘的，一切與其相關的眞理都只能被一小部分人掌握，人們在日常生活中對此諱莫如深，乃至讓我一度堅信蔓茉莉是集體的臆想，因爲眞實的蔓茉莉並不存在。當然了，如今革命之火已經熊熊燃起，蔓茉莉的眞實與否在我看來早已不言自明，所幸有這些記載了蔓茉莉的書籍，我才能在別人的敘述之中對蔓茉莉自身的過去以及蔓茉莉所承載的過去再窺探一二。

提到蔓茉莉，就不得不提蔓茉莉獨特的捲軸系統。圖鑑裡的微縮插圖中有一幅等比影印的捲軸段落，那上面字如蚊蟻，密密麻麻寫滿一頁紙，恰能將將好記下一個人從生至死的大事件。如有所需，主事蔓茉莉的官員們還需佩戴特製的放大鏡來看清前人所寫的字跡，確認無誤後要把紙張小心翼翼地謄抄副本交由外界參議。由於文獻之於蔓茉莉的特殊性，捲軸不可外傳，在影印機誕生之前，謄抄捲軸通常是一項十足消耗體力的技術活。

註解還提到了捲軸的規格需依據時代而定，在和平年代記錄方式完備而過程不易被中斷，紙張的規格便被定爲長寬各五十厘米；而在動盪年代，人們流離失所，婚喪嫁娶生老病死諸事時有遺漏申報，因此捲軸的規格即被縮減爲長寬各二十厘米。值得注意的是，一個人的一生只有一幅捲軸，捲軸的初始規格依據該人出生年代是和平亦或動盪而定。那些出生時社會仍處於動蕩的人，捲軸的規格（長寬各二十厘米）便不足以書寫他們的一生，因此蔓茉莉有章程，需要分批給這些人的捲軸進行增補；那些親身經歷社會逐漸步入動蕩的人，依其出生時決定的捲軸（長寬各五十厘米）來記錄他們的人生則顯得稍有冗餘，註解裡還提到，蔓茉莉因爲一些不便明說的原因，並不會對這些人的捲軸進行裁剪。

由此而來，被增補的這批捲軸（通常有成千上萬卷）因爲規格不同，後世看來極爲容易分辨，人們便將增補捲軸所對應的那些人統稱爲「幸福一代」，當權政府也會每年出資召集這些尚在世的「幸福一代」們在市政廳廣場上相聚。如果上一次動亂年代久遠而不再有仍在世者，政府便會召集由審核評定而選出的優秀少年代表們在廣場上相聚，通常與相聚同步的還有電視直播和歌舞類表演，這是每年的大型節目，用來提醒X市的人們當前的盛世來之不易。

在我小時候，一年到頭最爲期盼的就是能和外婆圍坐在鍋爐前觀看「幸福一代」的年度晚會。最新的晚會一直持續到蔓茉莉被燒前幾週，雖然外婆離世後我便不再收看此類節目，但我仍清晰地記得一段場景，場景裡有一個耄耋之年的老人，在與他同時期的那批「幸福一代」中，他已經孤身一人再無相伴，所謂的相聚便顯得有些形式主義，因此，政府一併召集了年度優秀少年代表們，以掩飾廣場上的空蕩所帶來的尷尬氣氛。

我記得那位佝僂的白髮老人在一群十一二歲少年的簇擁下顯得有些無措，他左手撐著拐棍，右手盡力對著不斷移動取景的攝相機打招呼，等鏡頭拉近到老人的臉部時，我看到他早已淚流滿面。電視解說裡一個字正腔圓的聲音在此時說道：幸福的老人流下了幸福的淚水，而這正是「幸福一代」的眞諦。

當時我雖然不理解，但聽到這番話便由心底起了厭惡之心，進而偷偷跑出了家們，走到屋外黑暗但多星的夜空下猛地吸上幾口氣以解乏悶。我已經不記得自己當時的年紀，可能也就十一二歲出頭，與優秀少年代表們同齡，當然了，我很清楚，自己永遠也不可能成爲優秀少年代表站在廣場中央，因爲我是個徹頭徹尾的無名小卒，從某種程度上可以說是既沒有現在也不會有未來，但我就是從心底裡厭惡一切虛假的東西。那時我認爲眞是美的，是善的，而虛假是醜的，是惡的，雖然這只是一種朦朧的感覺，卻足以讓十來歲出頭的我憤懣不平。如今想來，那時我是勇敢的，是有堅持的，而革命黨人取得勝利後的我不再堅持我所認爲的眞善美，反而去追求實在的得失與利益，想起來可眞令自己羞愧難當。

話說回來，自蔓茉莉成立以來到這本圖鑑的作者完書之時，共有十九次「幸福一代」，圖鑑成書於五十年前，如果我從小所讀的歷史課本沒有欺騙我（對此我自己心裡早已沒了譜儿），後來這五十年之間沒有任何動亂，如今蔓茉莉被燒毀了，雖然再也不會產生規格不同的捲軸，但我相信「幸福一代」的概念還會在人們口口相傳之中延續下去。那些最新的「幸福一代」此時還只是些襁褓中的嬰兒，待他們長大後世界會是什麼樣子，還會不會有「幸福一代」相聚晚會，又有誰能知道呢？

圖鑑裡有一段自問式的批註，給我留下了很深的印象，鈍頭鉛筆所寫的字跡在泛黃的書頁上很不起眼，看不出落筆的確切年代，但肯定不是最近一段時間，畢竟除了我這種因工分借貸而得閒的犯人，大概沒人會在蔓茉莉被燒之後還來借閱此書。在那行批註旁有一幅插圖，插圖以斜四十五度的上帝視角俯瞰著一個小人兒，那小人兒被刻畫得極爲簡略，五根線條代表著四肢和軀幹，一個圓圈代表著頭顱，他站在黑色拱門前，拱門裡頭也是黑漆漆一片。因爲插圖的作者（那位五十年前的蔓茉莉主管）沒有給小人兒更多的細節刻畫（諸如眼睛耳朵鼻子嘴巴），所以那個小人兒既像是在凝視著拱門裡的黑暗而背對著讀者，又像是剛從拱門裡走出來而正對著讀者。那個留下批註的讀者一定曾和我有過一段精神上的共鳴，我們都爲這幅插圖所傳達出的含義而著迷，以至於他提起鉛筆在書頁上寫下了如下一段話：人到底要如何存在於過去和現在，才能不被種種桎梏所定義和束縛。

因這段艱深晦澀的批註而起的疑惑長久縈繞在我的腦海裡，讓我在長夜之間輾轉反側。在我想明白批註和插圖所蘊含的道理之前，出獄了的大鬍子已經生動並且形像地向我闡述了它們的現實意義：他過去是革命事業的偉大締造者，當下是被解放的癡呆階下囚，這兩重身份在外人看來格格不入，在大鬍子那裡卻顯得怡然自洽。大概在已經癡呆了的大鬍子眼中，每時每刻的自己都是嶄新而完滿的，因爲過去不曾眞實存在過，他便不會有被人遺忘的痛苦，也不會因爲牢房外既有的條條框框而對光鮮的革命黨身份曲意逢迎。

我時常羨慕癡呆後的大鬍子，因爲覺得他的狀態極爲純粹。革命黨人取勝對於我來說事關重大，對於大鬍子來說卻無足輕重。離開監獄的時候我背著兩箱行李，見到革命黨人就高呼「革命黨萬歲」。負責解放革命黨犯人的幾十個革命黨官兵列隊站在鐵門兩側，他們拿著犯人名錄（上面有各種詳細資料）對我們挨個檢查。我向他們表示能再見到同志們眞是萬分幸運，我將兩箱行李丟置在地上要上前和他們握手。他們示意我不要再向前，讓我在原地自報姓名。

如今監獄全線解放，雖然在押革命黨人數量眾多，但想要藉機溜出監獄的普通囚犯人數也不少。我自報姓名後，他們詳細核對了我的檔案資料和照片，確認了我在紙面上仍具有革命黨囚犯的身份。大鬍子在我身邊，他什麼行李也沒取，或許他也並不知道我和他離開監獄究竟要去哪裡。革命黨官兵想要攔住大鬍子，我對他們說了大鬍子的眞名。他們起初有些不相信，拿著檔案資料核對後，趕忙傳話給了一個看上去像是他們上司的革命黨人，那個革命黨人聽聞後有些驚訝，小聲嘀咕了一句，便轉身給什麼人打起了電話。

不久，那個上司回過身來示意身邊的革命黨手下去接大鬍子上車。大鬍子不明所以，拽著我的行李不願隨革命黨人離開。那個革命黨上司問我這是怎麼一回事。我說我和大鬍子是獄友，在牢房裡朝夕相處了一年多，大鬍子現在有些癡呆，最爲信任的就是我。革命黨上司聽我這麼一說，沉思了片刻，便示意我跟大鬍子一同上車。

在車上的時候，大鬍子坐在我身邊，沒有表現出任何局促或是不安，他歪著腦袋看著窗外一閃而過的風景，顯得分外好奇而又聚精會神。我在想，對於此時的大鬍子來說，喜怒無常早已被還原爲最本眞的狀態，當一個人不再能感受到與渴望相伴的鈍痛和清醒時的焦慮，那高懸在人類頭頂上的，對意義孜孜不倦的追尋便也終將在各個層面消解殆盡。

一個沒有意義的世界，究竟是幸福的抑或是悲哀的，著實令人難以分辨。不過，有很多人都抱有這樣的想法：他們認爲意義是形而上的，同時具有眞實存在和虛無縹緲兩重性質，對於意義的眞實存在他們打心底裡相信，而對於意義的虛無縹緲和不可捉摸，他們又無法通過自己的實踐去徹底否認。因此，爲避免陷入邏輯的悖論，他們通常會退而求次地認爲，只要對意義的追尋具有現世的指導價值便足夠自圓其說了。持這種觀點的人大多會認爲，一個徹底沒有意義的世界理應充滿荒誕和痛苦，因爲如果從本質上否認意義的存在，那麼對意義的追尋便無從談起。在那樣一個世界，抱有上述認知的個體因爲對消極和虛無的認同而不得不擁抱機械而重複的生命，隨著體內澎湃的情感逐漸流失，對待生活的熱情也終將不斷減弱。人們只能一刻不停地用肉體的刺激來麻木靈性的匱乏，好希求在個體消亡之前體驗到最大限度的歡愉。

我與大多數人一樣，持有上述看似相悖的觀點，本著對意義的無限拔高以及對意義眞實存在的不容置疑，我常常獨自沉湎於痛苦和焦慮之中，心裡乞求意義仍在遠方，哪怕我此生無法觸及。我相信彼時尚未跌成癡呆的大鬍子一定也和我差不多，不然他絕不會鼓足勇氣用及腰長的鬍子在牢房裡上吊。但跌成癡呆後的大鬍子讓我對意義世界有了更深的認識，在他的世界裡，意義這樣抽象的概念或許並不存在，我力求在大鬍子的日常生活中找到他所經歷和認爲的荒誕與痛苦，卻總是發現荒誕與痛苦只存在於我眼中的世界。大鬍子就像個未諳世事的孩童，懷著對所有人和事的善意，積極而樂觀地生活著。從這種角度來說，跌成癡呆之後的大鬍子在邏輯上是高度自洽的：沒有對意義世界的不斷追問，他自然也無需與現實世界作出和解。

從汽車的後車窗看過去，佇立在身後的監獄建築群離我愈來愈遠，一座橫亙在大樓之間的天橋變得愈發模糊和微小，像是由長而結實的鐵棍逐漸變作一根緊繃的細弦，從這麼遠的距離看過去，我早已分不清它究竟是ＡＢＣ三橋中的哪一座。如今我閒適慵懶地坐在車裡，聯想到這幾日革命黨人解放監獄的場景，仍會覺得有些不眞實。

一切發生得猶如驟雨疾風。革命黨人解放監獄的時候，我正在午後的圖書館裡用工分借貸所得的盈餘換得半日清閒。突然間一聲槍響劃破長空，我深知這絕不是處決革命黨人，因爲秘密處決革命黨人通常發生在清晨，並且位於離此處不遠的刑場（槍聲絕不會如此之響），而公開直播處決則多半會有廣播提前通知。槍響之後的寂靜持續了沒多久，警報便從四面八方響起，吵得人耳膜生疼。我望向正在一旁手足無措的圖書館管理員，他對我擺了擺手，又聳了聳肩，表示他完全不知情。此時圖書館裡人數很少，大概只有不到十個人，大家開始陸續向出口處匯集。從圖書館門口向南望去，操場上人煙稀少，而高聳的混凝土圍牆依然靜靜地佇立在監獄的四周，一群在低處結隊盤旋的白色飛鳥受驚於警笛聲而很快四散了開，如果此時沒有不應景的警報轟鳴，這些場景與我所熟識的監獄生活沒有絲毫相異。

源於近些日子我時常來圖書館借閱書籍，管理員與我已經較爲熟悉，他在我耳邊小聲說道，很可能是革命黨人攻占了X市，此時正趕來監獄營救入獄的革命黨人。我有些吃驚，在此之前從未聽說革命黨人處於鬥爭的上風。我向他詢問這消息來源多久了。他對我說，他這幾週一直有聽到此類傳言，只不過上面消息封鎖得緊，他也不知道消息準不準確。我對此頗有興趣，便和他在圖書館出口處有一搭沒一搭地探討著外面的局勢。直到警報聲突然停止，自廣播喇叭裡傳出典獄長的聲音。

因爲工分借貸的緣故，我對典獄長的聲音記得尤爲清楚，他的嗓音沙啞，因爲緊張而略微有些顫抖，只聽見他說道，仍在監獄裡的紅衣太保他無權干涉，但他手下的全體獄卒必須解除所有武裝抵抗，革命黨人就要通過監獄閘門，切記不要發生暴力衝突。

圖書館管理員對我再次聳了聳肩，他說我的好日子就要來了。我說我覺得現在的日子就挺好，每天靠收收工分借貸的利息換得閒暇時間，既沒有什麼奢望也不會有什麼失望，心態很平和，人也自在。他對我說，外面的世界可精彩著呢。我提醒他在外面我也是見過世面的。他說今時不同往日，亂世裡風險大，但機會也多，抓住一兩個就足夠了。我對他說，自己可不是什麼眞的革命黨人，只是運氣不湊巧被抓來濫竽充數的。他說這無關緊要，重要的是我爲了革命事業蹲過牢房，再不濟也比普通老百姓強。我對此不置可否，進而問他接下來有沒有什麼打算。他說自己現在還不清楚，他只是監獄裡的圖書館管理員，革命黨人當政應該也不會刁難他。

不久後，列隊而行的革命黨人穿著綠色軍裝（與紅衣太保的紅色風衣形成鮮明對比），邁著整齊劃一的步伐從徐徐升起的監獄閘門進入了操場。滯留在監獄內的幾個紅衣太保也早早將器械置於地上，站在道路兩側，雙手高舉頭頂以示投降。一個看起來像是革命黨人領導層的軍官走向了操場的正中央，那裡站著典獄長和幾個生產車間主管，以及其他的一些我沒見過的監獄管理層。

由於我還在囚室樓底層的圖書館門口，距離操場正中央仍有很遠的一段距離，我只能模糊看見他們的舉動。那個革命黨頭領從典獄長手裡接過了什麼，然後和典獄長握了手，拍了拍典獄長的後背。接著他拿起身邊人遞給他的話筒，對著廣播宣告：監獄已被全線解放。隨後，他將話筒遞給了站在一旁的典獄長，典獄長接過話筒，也對著廣播宣告，他說今後的幾天要向革命黨人進行權力的交接，仍在押的革命黨人一律在權力交接後釋放，希望廣大獄友配合。聽到這語氣平靜的解放宣言，我的內心倒是沒起什麼特殊的波瀾，我看了一眼身旁的圖書館管理員，他向我眨了眨眼，也沒再說什麼。

我仍然和大鬍子住在普通囚室樓的一個雙人間內，監獄全線解放後的第一天，嚮往常一樣，大鬍子到點來到我的床頭搖醒我，我對他說：不用早起啦，你的革命黨同伴救了我們，再過幾天咱們就要永遠離開這裡了。大鬍子顯然有些不適應不用早起跑操和去生產車間做工的生活，他看我沒起，先是愣了一會兒，便坐在自己床邊發呆。後來獄卒挨個把關押著革命黨人的牢房給打開，趁著我仍在睡回籠覺，大鬍子一個人離開牢房去到外面溜達。

晌午的時候我在操場的一個角落裡見到了大鬍子，他盤腿坐在地上，看著來往的監獄工作人員和穿著綠色軍裝的革命黨人，歪著腦袋若有所思。見到我來，他對我咧著嘴笑，用手拍走了身邊空地上的灰塵。我坐到大鬍子身邊，陪他看著操場上人來人往，直到紅日漸漸西沉。

之後的幾天，我提前收拾好了兩大箱子行裝，向獄卒要回了入獄前被查收的一些物品，那雙布絨牛皮鞋也在其間，只不過鞋的內皮都已被撬開作了檢查，這倒也斷了我先前的念想——即使那雙布絨牛皮鞋被動過手腳藏了什麼貓膩，我也再無可能發現了。

隨著出獄在即，圖書館管理員的那席話在我心裡漸漸發酵，並使我的內心不再平靜。我不止一次想到了出獄以後自己將要面臨的艱辛挑戰，也不止一次想到了出獄以後自己將會收穫的巨大成功。經歷了這一年的革命紛爭，X市不知成了什麼樣子，蔓茉莉被火燒了，那廢墟之上的空地會作何處理呢？是建一塊巨大的革命勝利紀念碑，來象徵人民反抗暴政獲得自由？還是成立一座蔓茉莉博物館，供新一代的優秀少年代表們學習瞻仰？又或是在廢墟之上再蓋一座蔓茉莉，把一切都洗滌乾淨，讓歷史重新來過？對此我倒是有不少看法和建設性意見，只求將來有一天能建言獻策。

抵達臨時政府所在的大樓已是午後，天空被雲靄遮掩得忽明忽暗，太陽早已不見了踪影，X市的初春一如往常，空氣中瀰漫著淡淡的花香。很久沒有置身於監獄外遼闊的空間之中，我一時之間有些無措，從車上下來的時候我有些遲鈍，大鬍子拽著我的衣服讓我跟上在前面引路的革命黨人。

如果我沒記錯的話，這棟革命黨人用來作爲臨時政府的大樓曾是X市的少年宮，當年興建的時候鬧得沸沸揚揚，問題集中在大樓前的三百級台階。設計師說這是爲了讓孩子們在下台階的時候能俯瞰市景，以激勵他們更加努力地學習才藝，長大後爲X市的建設添磚加瓦，而送孩子上課的老年人都表示這麼多台階對他們很不友好。後來拗不過前來投訴的市民頗多，開發商就在台階旁邊修建了一個全透明觀景電梯，電梯一次升降只能容納十人，在接送孩子的高峰期，人們常能看到電梯前排著曲折的長隊。由此而來，這三百級台階便不再具有爲人民服務的目的，而更多地成了一種擺設。如今百廢待興，革命黨人借用這三百級台階來彰顯新政權的正統性倒也無可厚非。

給我們帶路的革命黨人說，由於上任政府的蓄意破壞，這片區域的電力系統仍在搶修階段，觀景電梯暫時無法運作，所以我們只能不走運地爬台階。我藉機問那個革命黨人，大鬍子是不是他們之中的特殊人物，不然何苦這麼大費周章。他說他並不知道，上級讓他護送我和大鬍子去臨時政府大樓，他只能照辦。

爬到一百多級的時候，我深覺有些疲憊，便對革命黨人說，自己要在這兒休息一會兒，讓他領著大鬍子先上去。他顯得有些遲疑。我說自己此刻已不是囚犯，難道這點作爲革命同志的自由都不能有嗎？他點點頭，說他可以帶著大鬍子先上去，他們會在大廳裡等我。我對回頭看我的大鬍子招了招手，示意他先走。大鬍子歪著腦袋，他那下顎上的血痂早已結成了肉疙瘩，上面不再生有濃密而細長的鬍鬚，除此之外，大鬍子看起來倒也不算太差。

我背靠灰色大理石壘砌的台階曲腿坐著，呈現在我面前的，正是這棟大樓設計師想要人們看到的美好景緻。不遠處，一塊巨大而烏黑的石碑矗立在橢圓形的市政廣場上，自X市成立之初這石碑便被用來象徵當權者對人民允諾的美好藍圖，廣場四周有一圈高大宏偉的建築，白漆粉刷的牆面，鍍金的球形穹頂，簡單的元素反而讓建築群在並不強烈的光線照射下顯得無比威嚴肅穆。稍遠一些的紅色鐘塔，是X市大學的地標性建築，每到整點都會有美妙動人的管風琴聲從鐘塔內傳出，樂聲經由喇叭飄至很遙遠的地方，在不經意間提醒著人們時間正悄然流逝的事實。革命戰爭爆發之後，鐘塔裡的音樂依然準時播放，雖然X市的監獄距離鐘塔很遠，如果恰巧是準點，而我又正好走在朝向鍾塔的那座天橋上，便仍能聽到很微弱的管風琴聲從遠處飄來。

此時的街道上幾乎見不到行人，三三兩兩的自行車晃晃悠悠地從路面駛過，這片區域好像並未受到戰爭的摧殘，只是人煙變少了些，顯得有些荒蕪。蔓茉莉與X市大學的操場毗鄰，從我所在的高處望過去，鐵門和高牆依舊佇立在原地，只是原先的建築已經被燒毀，裡面成千上萬冊的捲軸都被付之一炬。想到革命黨人重組的政府將不得不重塑X市的集體記憶，我便有些莫名的期待。

如今我已經不是在鞋店裡討生活的小鞋匠，也不是在囚室裡擔驚受怕的革命黨犯人，我在名義上是個革命黨人，就像監獄圖書館管理員所說的一樣，我曾爲革命事業出過力，也即將要分得革命勝利的一杯羹。站在鬥爭勝利的一方，我理應對這些事務（諸如書寫歷史）擁有一定程度上的知情權，如果運氣好的話，我倒還希望以後能擁有一定程度上的解釋權。

被動地接受他人去書寫和記錄過去，並對自己的過去一無所知，於我來說並不好受。我想到了自己小時候曾有過的夢想，我無比渴望成爲主管蔓茱莉的官員，因爲可以利用職務之便去翻閱捲軸，我相信終究有一天可以查清外公和父母到底是誰，他們對於我來說到底意味著什麼。我曾有過很多假想和猜測，極端點來說，我想過自己或許只是個孤兒，獨身一人的外婆將我抱養回家，因爲不願讓我直面自己是個孤兒的事實，她就編造出了整個故事。雖然對此我沒有什麼可靠的證據，但猜想之所以是猜想，便因爲其仍不失爲一種可能。隨著蔓茱莉被燒毀，顯而易見的，這一切假想和猜測已經再無可能被證明或證僞。

我極目遠望，在蔓茱莉廢墟的南邊，有一座被綠蔭覆蓋的市政公園，起伏的山坡上可以看到星星點點的遊人，樹木和草坪在陽光的照耀下呈現出一種強烈的層次感。恍惚間，我想到了自己以前常去的郊區公園。公園離我租的房子不遠，在城市的東邊，公園的中心有一片人工湖，湖中心有頗具規格的噴泉，每到整點都會噴出三層樓高的水柱，噴泉在晚上會打出紫色的燈光，不斷變換軌蹟的光線投射在低矮的天空中，襯著烏黑而褶皺的雲翳，十分美麗。

剛搬到新家的一年裡，我常在天色將暗而未暗之時去公園的湖邊小路散步，我還記得水泥鋪砌的小路上佈滿了大小不一的卵石，走在上面腳被硌得生疼，夏日暴雨過後的水窪裡會游著三三兩兩還沒長出腳的小蝌蚪，只憑濕地灌木叢裡的蛙聲便很難再找到它們的父母。傍晚的時候，放學還未歸家的孩子們會沿著林蔭小道一路追逐嬉戲，青年男女會坐在角落裡的木質長椅上相擁低語，沉默的中年人結伴在湖邊散步來舒緩積攢的壓力，而滿頭銀髮的老人則在空地上放著上一個時代的舞曲。

我記得當時的自己常會被一種難以捉摸的孤獨和深深的無力感攫住，苦悶像帶著白羽的飛箭徑直地插入我的心裡，那裡空空如也，因此也並無甲冑保護，隨著心頭的憂鬱逐漸蔓延開，我便不得不倚靠在湖邊的壩台上大口喘著粗氣。夜晚的微風裹挾著湖水的清涼，像是要撫平一個年輕人悸動的內心，散步將盡的時候，我會在夜色裡等待著湖中心噴湧而出的水柱，這在那段時間裡幾乎成爲了一種必要的儀式。對我來說這儀式尤爲特殊，我渴望自己能夠像湖中心每逢整點便噴湧而出的水柱一般，在平靜中積蓄著一些不爲人知的東西，那東西應該超越我所擁有的乏味生活，帶領我走向更爲遼闊的遠方。

回想這一年多來，從被紅衣太保批捕入獄，到被革命黨人解放，我距離過去的乏味生活似乎已經越來越遠，而可見的未來也將不出意外地更爲開闊。不經意間，那個曾經讓人束手無策的生活，正不斷地朝著我所企盼的方向發展，而那個在湖邊卵石小路上憂心忡忡的年輕人，卻也在漸漸離我遠去。

坐在大理石台階上俯瞰X市的時候，有那麼一刻，我覺得自己的過去似乎並不眞切，無論是與外婆同住時那個愛搗鼓發明而沉默寡言的小孩，還是在鞋店作學徒時那個市儈而憂鬱的年輕人，抑或是後來在監獄裡志得意滿的工分借貸發起者，這些各式各樣於我如同閃回般存在的過去，在此刻都顯得十分模糊。如同做著醒時之夢，久遠之前發生和未曾發生的事，像是岸邊飄忽不定的掠影，在我的腦海裡不斷浮現，重構，再瓦解，直到一切過往都漸漸淡去，而唯有當下變得愈發清晰。

我明白，大鬍子和革命黨人此時正在大廳裡等著我，他們會領著我見誰，帶著我做什麼，在這一刻都不再那麼重要，因為我相信，在台階之上的，是一把通往意義世界的鑰匙，而我即將要得到它，那美麗的新世界便不再遙不可及。

十六　雪

離開淄地後的第二日，自淮河之濱開始延綿不斷的豐饒谷地逐漸消失，沿途的景致變得愈發肅殺而蕭瑟，不提道路兩旁了無生氣的枯枝敗葉，就連散落在塵土裡的小石子和被嚴寒凍得崩裂的大石塊，都呈現出青黑的色彩，彷彿是板著臉兒的鐵面判官，長得歪瓜扭棗，又不近一點人情。這幾日，早晨因霜降而結的薄冰還未化，稀疏鋪散在泥濘的小道上，馬兒在山路間拖著囚車緩行，清脆的踢踏聲和冰殼碎裂聲在清晨空蕩的山谷間迴響。也不知是感到困乏還是無趣，小衙役和坐在囚車上的四姐妹不聲不語，像是在懷念豫魯之境裡的人煙，又像是在懷念淄地城池裡的美味早點。

別的不說，在淄地那幾日，清晨天還未亮，小衙役便帶著我們動身離開驛站，趕往下一座城池。那時街鋪上已經滿是早起做生意的店家，燭火燈籠只能隱約照亮店家的牌匾，因和麵蒸饅頭而升騰起的白汽在街道四周散開，溫潤而清新的香味從蒸籠以及鑄鐵大鍋裡飄出，讓人在冷冽的清晨醉心不已。小衙役便藉此機會，將囚車停在路邊，挑一家餐鋪，和四姑娘們坐在臨街的木椅上，他會點一籠剛蒸好的大肉包子，再要上一碗熱騰騰的豆漿（他總要囑咐店家多加些糖），臨行前他還會買上一個肉包子，灌好熱水，再遞給囚車裡的我。要知道，這肉包子和熱水可比平常的饅頭就涼水好吃多了，所以我分外懷念淄地，一點兒也不比四姑娘或是小衙役少。

在旅途將至時體會到北方的寒冬，於我來說，倒算不上意外。自小就聽人們說北方的冬天是數九寒冬，從冬至開始，要數到九九八十一天才能迎來初春。如今身臨其境，我這一身南方死囚的粗布衣裳，薄且不說，還在旅途顛簸之中磨破了幾處，寒風颼颼地吹進衣服窟窿裡，凍得我直打冷顫，多虧裹著小衙役為我添置的被絮，我才不至於被徹底凍僵。不過話說回來，假若我真的被凍死，那可要算作押送途中的非自然死亡，按理來說，讓那些被判重刑（諸如斬首、車裂、凌遲）的囚犯逃脫處死前的折磨，是押送衙役的失責。我對律法研究不深，不知道此前有沒有先例（按我朝衙役押送囚犯的判例之多，我傾向於認為有），小衙役如果要爲此擔責，並因而丟了性命，可眞就浪費了我之前的一片好意。

如你們所知的，在淄地，我本有逃出生天的機會，但因爲愧怍和一些不知名的情愫而放棄了。從那一刻起我已經抱著必死的決心，並希望小衙役能不受打擾地過上尋常人的一生。我當然沒有將革命黨人來救我的事情告訴小衙役，更別提那四個大姑娘。一來，我實則沒有證據向小衙役和四姑娘證明，那雨夜我本可逃離被午門斬首的命運，說出來難免被他們質問和笑話，與其如此，倒不如在最後幾日裡留得清淨自在；再者，即使小衙役和四姑娘們當眞相信了我的說辭，也難免他們不會將此事上報官府，這樣勢必會給革命黨人營救同伴的後續行動造成困難，也會連累那個於我有恩的驛站年輕馬夫；最後於私心，我並不想給小衙役增添思想負擔，他的性命以及美好的未來，自始至終，都不應該與一個末路革命黨囚犯的決定有絲毫相干，向小衙役訴說我去而復返的故事，無異於邀功，有些自媚的成分在裡頭，而我對此十分不屑。

實際上，離開淄地後，我們距北平只有幾天的行程，如果小衙役趕得緊，我們三日內就能抵達北平。直到此時，我的內心裡仍然有憧憬，只不過它無關革命成功與否（我本就不是革命黨人），也與親情、愛情、友情統統無關。在最後的幾日裡，我憧憬著小衙役今後的生活，就如同那是我自己的人生一般。這憧憬是眞摯的，諸位應當相信，即使是一個命不久矣的囚犯，也可以擁有完整的內心世界，那裡可以是波瀾壯闊的，即便它無法為外人所理解。因這憧憬而起的信念，像是在幽暗隧道盡頭裡閃爍著的微光，使我歡欣鼓舞，好像即將臨近的午門斬首也不再那麼可怖。

當清晨的太陽撥開雲霧普照大地時，人的精氣神也會在不知不覺間慢慢恢復。小衙役身著藏青色的官差服，頭戴硬頂紅邊帽，如往日一般，勒著馬嚼子，時不時吹一聲口哨來打發差旅時光。四個大姑娘也開始聊起抵達北平後的安排，她們有說有笑，絲毫看不出更早一些時候的萎蔫模樣。我盤腿坐在囚籠裡，姑娘們身上的衣物愈發緊實，但隨風搖擺的衣裙仍時不時遮住我的視線，我只好裹緊被絮，貼著囚籠角落的木樁閉目養神。

此時此刻，我已經可以隱約聞到北平的氣息，在冬日獨有的靜謐之中，那帶著一絲煤煙味兒與碎屑的冷氣，自鼻腔吸入後，便持續不斷地在我的胸口翻滾著，像是一小簇火苗在燃燒，我感覺得到輕微的刺痛感，但那刺痛感又轉瞬即逝，像是被周遭的冷氣鎮住了一般，因此我並沒有劇烈的不適。我問四姐妹她們能否聞到這氣味，她們搖搖頭，說這周圍是荒郊野嶺，離北平還有百八十里路，哪裡聞得到煤煙味；我又問小衙役，他也搖搖頭，說那味道可能是山火，但他實在聞不出來。

我覺得十分奇怪，奇怪的不是小衙役和四姑娘們聞不到我所言之鑿鑿的味道（可能我的鼻子太過靈敏），而是我竟自然而然地覺得那混雜著煤煙和碎屑的味道是北平的氣息。我當然明白自己從未出過遠門，也沒去過北平，但那熟悉的感覺極爲眞切，容不得我有絲毫質疑。隨著氣味而來的還有好多模糊的畫面，像是胡同深處的枯老白楊，冒著火星的黝黑煤爐，結了一層厚冰的綠水池塘，這些奇奇怪怪的畫面從我的腦海裡忽然湧現出來，像是我在無數前世裡親眼所見一般，我的內心被一種不具名的輕盈所充滿，並因此不再沉甸甸地下墜到與死亡同色的無垠黑暗之中。

像很多人一樣，我相信有前世，也相信會有來生，我相信死亡不是一切的終點，也相信在物質世界的表象之下有著流動不息的靈性世界，不過這相信因爲帶有某種神秘主義的傾向而顯得極爲樸素。因爲不斷承受著理性自我的拷問，我時常對自己的徘徊無措感到荒唐可笑，但又時常被由靈性而生的崇高無瑕所感動。每次體驗到妙不可言的宿命感時，我都會在痛苦之餘感受到一種巨大的喜悅：因爲深知自我的渺小而無力改變注定的命運，我有些傷感；但眞正面對宿命世界的溫柔可親時，我又感到欣慰無比。

對北平氣息的熟悉於我便是一個確切無疑的佐證（即使在外界看來並不那麼令人信服），我能感觸到北平於我的特殊，就好像在無數的前世裡，我都在北平成長生活過一般，這包括了在北平還不是北平的時候，以及在那之前漫長而無名的歲月。我期待著去北平，去驗證我的宿命，在那裡結束我的故事，並投身於新的輪迴之中。因這信念而生的勇氣，伴隨著自然而毫不扭捏逞強的態度，便是我在上文中所提到的那種全身心的輕盈。

臨到北平遠郊的時候，小衙役找了一家在路邊簡易搭建的茶棚歇腳，他破例打開了囚籠，讓我戴著腳鐐和手銬，和大家坐在一塊兒喝茶。沒記錯的話，自從四姑娘加入我們一行後，小衙役就再也沒有給我打開過囚籠，四個大姑娘們見狀倒也沒說什麼，她們知道我不是窮凶極惡的歹徒，只不過是名義上的革命黨囚犯。「小兒」和往常一樣，挑了個離我最遠的位置坐下，其他三個姑娘（「尖兒」、「高兒」、「美兒」）倒是有意無意地對我表露了同情。

她們說，一路下來看我和常人無異，如今就要被砍頭，實覺有些不忍。我只好抿嘴苦笑，換了個話題，我問她們，北平就在眼前，尋夫的計劃安排得怎麼樣了。「美兒」說，她們四人身上的盤纏典當還夠支撐半年的開銷，到北平後要趕緊找個地方安頓下來，之後的事再從長計議。「高兒」說，她在北平有個隔得很遠的老表，做藥材生意，據說消息靈通得很，她可以先去找他，再看看能不能尋得一些蛛絲馬跡。「尖兒」沉默了一會兒，她說要是眞找到了自己的丈夫，她倒不知道該怎麼辦了。「小兒」接著「尖兒」的話說了下去，她叫姐妹們不用擔心，要是幾個男人們還活著，就把衣冠塚的事情問清楚；如果丈夫們當眞過了世，那她們也得弄清楚緣由，來北平一趟就權當是遠足見世面，了卻一樁心事之後也好展開下一段人生。

小衙役沒怎麼說話，在一旁自顧自地喝茶，「尖兒」問小衙役有沒有什麼想法，小衙役搖了搖頭，說他這幾日百思不得其解，爲什麼四姐妹會覺得自己的丈夫們刻意謊報死訊？「尖兒」說，或許她的丈夫在北平有了相好，忘了家鄉的糟糠之妻？小衙役說男人可以納妾，不必爲了新歡如此大費周章，再說家鄉有老父老母，總不能一輩子不見。「尖兒」被小衙役三言兩語給問住了，她先是氣鼓鼓地不再言語，轉而又抹起了眼淚。小衙役見狀有些不知所措，他剛想說什麼，就被一旁的「小兒」用眼神和手勢打斷。「小兒」來到「尖兒」的身後，拍著「尖兒」的後背安撫她，並小聲對她說道，總要試一試的。

在這臨近北平的關口，「尖兒」有些難以自持，我能感受得到，之前深植在四姐妹心中的信念已被慢慢動搖，這動搖源自於一種隱秘的無力感，而這無力感又源自於我們眼前的北平。去北平尋夫是四姐妹們的心願，她們從浙南一路跋山涉水，如今即將踏入北平，卻又各自悵然若失。這麼說來似乎有些矛盾，但多數人都不得不承認，在現實與期待的彼岸之間總是橫亙著一條難以逾越的鴻溝，抵達彼岸便能獲得幸福的信念越是強烈，那鴻溝也就越發地深不見底而使人一步不敢向前。

與此同時，我也能明顯地感受到，四姐妹們因信念動搖而帶來的苦悶在程度上各不相同，

「尖兒」最甚，「美兒」和「高兒」好過不少，「小兒」則最爲鎮靜。我與四姐妹們的交流很淺，所以談不上十分了解，但我覺得究其本質，大概是因爲「尖兒」將個人的解脫與北平尋夫的結果早早地關聯起來，由此而生的期待太過殷切，以至於她無法接受期待落空的可能。「小兒」相較於「尖兒」則似乎更明白北平一行的現實意義，無論丈夫是生是死，她的期待落空與否，北平尋夫都有其積極的一面。

如此說來，我便著實難以分辨，究竟四姐妹中的哪一個懷有更爲眞切（眞實確切）的信念：顯然「尖兒」外露的感情最爲眞摯動人（眞實），「小兒」對北平一行的看法最爲明白透徹（確切），「高兒」和「美兒」的信念在我看來則介於兩者之間。我想要進一步去窺探她們的內心世界，但關於信念眞切與否的探討卻只能止步於此：我不是四姐妹，也永遠無法體會到她們內心世界的痛苦掙扎。無法理解他人，卻想要知曉他人所持信念的眞切與否，便無異於癡人說夢。說到底，人是否能夠認識自己，我尚且持懷疑態度。

我十分清楚，人的念頭可以在瞬息間生滅，萬千思緒不斷從一個虛空中升起再遁入另一個虛空，由此而來的思緒左右著人們日常的喜怒哀樂，而思緒源頭的意識卻隱匿在虛空之後令人無跡可尋。我不否認語言和文字可以不斷逼近思維和其背後的意識，但也不得不承認語言和文字帶有不可避免的滯後性，因爲意識如同記憶一般，並不保眞，滯後也就意味著，我們由思維去溯源意識的行爲在絕大多數情況下都只能是徒勞的。

拿「尖兒」情不自禁的抽泣來說，她在流淚的一剎那無疑是痛苦的，是決堤的感情在當下的爆發，直到「小兒」拍著她的後背安撫她之前，「尖兒」一直在自顧自地流著眼淚。但除了她自己，在剔除共情的前提下，誰又能確信「尖兒」之後的抽泣源自同樣眞摯悲傷的情感，而不僅僅是哭泣這一動作的慣性延續呢？或許沒人能通過邏輯層面的推演確信這一點，即使是前來安慰的「小兒」也不能（「小兒」對於「尖兒」的遭遇有著顯而易見的共情）。因爲這不斷的推演和追問如同「子非魚焉知魚之樂」一類的思維實驗，不具有任何現實世界的指導意義，所以人們會在追問到一個深度的時候戛然而止，好繼續投入生活之中而不至於發瘋發狂。

話說回來，也正是共情使「小兒」和我們中的大多數人深信，此時的「尖兒」正遭受著內心的折磨，從而心生憐憫。由於共情是非邏輯的（也是非推演的），它實際上爲我們建立起了一個共識（集體信念），即，將自身帶入情境中感同身受別人的痛苦是確實可信的，我們也深信別人會與自己的感受類似。與個體自身的信念不同，集體的信念似乎更難被外界推翻，因而共識在通常情況下，便穩固得如同事實一般不容置疑。邏輯推演應該也必須止步於共識，唯有這樣，每個有此共識的人才能欣然接受這一連串的追問與反思的結果，而不至於掀桌而起，唾罵追問者的叵測動機。舉個例子，誰如果在眞實生活中（而不僅是在腦海裡）質疑「尖兒」的哭泣，如我在上文中的發問一般，那便是企圖推翻人們共情的共識，無用且不說，還會被人扣上卑鄙可恥冷酷無情的帽子而不得翻身。

不可避免的，每個人或多或少都有些不同於共識的個人信念（這種想法也是共識！），但這些個人的信念往往因爲過於單薄而極易被動搖。像四姐妹們去北平尋夫便是這種信念的一個例子，再往前，小衙役對於茶花女的執念也是如此。四姐妹們相信自己的丈夫由於貪戀新歡不願歸家而謊報死訊，所以一定要去北平追查清楚，但一路上的亂世景象又不斷地動搖著她們的信念，以至於臨到北平市郊的時候，「尖兒」才被小衙役一句無心的問話推向不得不直面現實的殘酷境地。

由於期待和信念總是綁定得太過緊密（誰又不是呢？），我很能理解「尖兒」此時的痛苦（我當然也具有共情的能力），但我沒辦法幫助她，我即將要趕赴刑場，可能會被關在大牢裡走個流程再排上午門斬首的隊列（小衙役跟我說過，背景無趣的革命黨重犯都會被押往午門斬首），也可能直接就地問斬。無論是哪種情況，我都沒法給她在北平尋夫提供任何切實可行的幫助，我只能在心底裡默默祈禱「尖兒」和其他三姐妹能夠平安幸福地生活下去，無論現實殘酷與否。

茶棚下除了負責斟茶熬茶的夫妻倆，和我們一行六人，還有好些過路的旅客，雖然此時的陽光已經照得天地間一片敞亮，但冬日的寒氣和陰冷仍舊無處不在。即使是就著茶爐裡飄出的熱氣，旅人們也都很緘默，偶爾從鄰桌傳來的談話聲很輕微，窸窸窣窣，更像是隔著一層幕布，讓人聽不出個大概。茶棚外的土路上，行人和馱貨的馬匹來來往往，「尖兒」在「小兒」的安慰下已經漸漸止住了哭泣，我一邊喝著茶一邊望著棚外的景象發呆。

正在這個時候，一個身著灰色粗布衣裳的中年男人晃晃悠悠地走進了茶棚，他背著一個竹篾編織的方型簍子，自簍裡伸出好些木質道具和絲線，他找了個靠角落的空位坐定，卸下了簍子，又向老闆要了一壺熱茶，說要在進城前驅一驅滿身的寒氣。由於他嗓門洪亮，在此刻略顯寂靜的茶棚裡有些格格不入，因而茶棚裡與他臨座的旅人都下意識地向他望過去。他見大夥兒望向他，一時半會兒有些不知所措，但不知爲何，他像是忽然間想通了什麼，轉而哈哈大笑起來，這一笑沒什麼，整個茶棚裡的人都因爲好奇而望向他。

那個男人一邊笑，一邊從竹簍裡取出了幾根木棍，三兩下就搭成了一個長寬二尺有餘的木框。向茶棚老闆示意後，也沒等老闆真的同意，他便搬來了兩張空著的桌台，取出一塊白綢布鋪在木框上，四角由夾子固定住。只見他在木框的橫邊安上了一個三角形的支架，整個木框便可以穩穩噹噹地立在桌上。隨後那男人又從竹簍裡摸出了四根蠟燭，擦了一根火柴依次給蠟燭點上火，他把竹簍臥倒，將點著火的蠟燭藉著滴落的蠟油固定在竹簍的內側，待四根蠟燭都被一一插好，他便把竹簍挪到那木框的背後——如此一來，即使在這大白天，茶棚裡的人們仍舊能夠透過白色綢布看到竹簍裡的悠悠燭光。

茶棚裡的旅人們還不知這男人的葫蘆裡到底賣了什麼藥，大家饒有興致地看著他在茶棚裡一陣折騰，一個年輕人終於憋不住性子，小聲嘀咕了一句搞什麼名堂。中年男人聽到後，倒也沒說什麼，他笑著朝那個年輕人看了一眼，便慢慢地從竹簍裡變戲法一般取出紙片人偶，足有好幾打之多，密密麻麻，花花綠綠，每個紙片人偶都由細長的木棍串著，人偶的腦袋和關節處還能跟著搖擺的木棍一同晃動。茶棚裡的人們見此情景，頓時嘩然一片。大家總算看明白了，這男人是要給大夥兒演影子戲。

我注意到，茶棚老闆原本還愁容滿面，但礙於那中年男人點了茶水，他也不好驅客，見到這架勢是演影子戲，他笑得合不攏嘴。正在熬茶的老闆娘此時也是喜笑顏開，她一邊用袖套擦去臉上附著的茶漬，一邊來回地擺著手，想要驅散開遮擋住視線的茶水蒸氣，好把那影子戲的舞台佈景看個仔細。不用多說，做小本生意的夫妻倆當然明白，他們的茶棚建在遠郊的路邊，本是供旅人歇腳的，半天招不來幾個客人，如今有影子戲在茶棚裡上演，肯定不愁沒人喝茶，即使是站著圍觀的旅人，在這大冬天站久了，也難免要叫上一壺熱茶暖暖身。有錢賺的買賣怎能叫人不開心呢？

演影子戲的男人給他先前佈置好的兩張桌子圍了一圈黑布，自己一弓腰，裹著好些紙片鑽到那桌肚裡，他慢悠悠地從桌縫中伸出佈景的紙片兒，一簇綠色的灌木叢便藉著竹簍裡的火光映在白色的綢布上。男人在桌肚裡問看戲的人們能否看得清綢布上的景緻，茶棚裡的人們紛紛響應，他又接連試了試其他的佈景紙片兒。調試完畢後，一塊與竹簍口差不多大小的黑色紙片兒自桌縫處伸了出來，將燭光完完全全擋住，那男人在桌底下發話，腔調與說書先生無二般，聲音洪亮而清脆，與之相伴，那遮光的黑色紙板便也徐徐降下。

小衙役和四姑娘們像茶棚裡的大多數人一樣，自然也被影子戲吸引了過去，他們把椅子朝戲台方向挪了挪，想要湊近一點兒，好看個仔細。我還坐在原先的位置上，伸長脖子，倒也可以看個大概。

戲中的故事很簡單，說的是一個苦命的信差在送信的途中被官府查押，罪名是爲叛軍遞送情報，信差自知不是叛黨，大呼冤枉，可官老爺不顧，下了擇日處死的判命。信差赴刑當日恰遇大雨，圍觀群眾中的三個叛黨同僚借勢法場救人，但那可憐而忠誠的信差不從，寧死不與叛黨爲伍，一邊嘴裡嘀咕著什麼皇恩浩蕩豈敢忤逆之類的碎語，一邊不配合營救。這一來一回耽誤了不少時間，倒使那救法場的叛軍被前來增援的官兵抓獲。官老爺見此景，當即赦免了無罪的信差，轉為就地正法叛黨三人，如此懲惡揚善的舉動博得了滿堂喝彩，故事便在一片歡欣鼓舞的人頭落地聲中完美劇終。

茶棚裡的旅人們看完影子戲都拍手稱快，那男人從桌肚下的黑布裡伸出一個小銅盆，擺上三兩銅錢，晃了晃，人們便很自覺地紛紛解囊，向那銅盆裡丟擲銅板兒。小衙役起身摸了摸口袋裡的零錢，也取了一塊銅板丟過去，他繼而向四姐妹和我示意時間不早了，要動身進城了。

我們離開茶棚的時候，那演影子戲的男人正在為下一場戲佈景，站著圍觀的人們見茶棚裡空出了一張先前被人佔著的桌子（距戲台位置正佳），便爭搶著要坐過去。小衙役和四姐妹們看到眾人搶座的情形熱鬧非凡，不禁莞爾，而我卻有些如鯁在喉。小衙役回頭對我說，這戲你看了可不好受吧。我苦笑了下，說要是有人法場救我，我可二話不說就跑，誰也別想攔住我。小衙役說他把我送到北平交給官府後，自己的任務就算完成了，屆時他倒真希望有人能從法場把我救出來。我聽了有些五味雜陳，但也沒有再接他的話說下去。

北平郊外還有尚未化開的積雪，遠遠看過去仍舊潔白通透，這些白雪零星地散落著，在枯萎低矮的灌木叢上，在光禿而筆挺的老樹枝頭，在小道邊，在田野上，可就是不在馬車行進的土路上——由馬蹄踐踏出的泥濘早已將路上的積雪染得渾濁一片。化開的積雪變成了泥水滲進土裡，不復先前的光潔；那些尚未化開的積雪被來往的行人、車輛、和馬匹碾壓成薄薄的雪片，這些雪片上有著難以計數的馬蹄印、腳印、和車輪印，順著這些交錯縱橫而深淺不一的痕跡往前或是往後看去，都是無盡而綿延的道路。離上次的飄雪已有些時日了，天氣仍舊刺骨的冷，這些雪片便只好默不作聲地躺在路面上，在反反覆覆中等待著最終而徹底的消弭。

自茶棚出來後，一路上我都在思索影子戲裡的故事，在現如今的境地下，我很難再保持一種疏離的態度去看待戲裡信差的遭遇：信差本不是叛軍，就如同我不是革命黨人一般；信差被官老爺判了擇日處死，而我在現實中被欽差大老爺判了午門斬首；信差推諉前來營救的叛軍同僚，而我也同樣辜負了在淄地救我的驛站馬夫和長鬚男人。

不同於現實世界的一片混沌和善惡難分，在影子戲的世界中善與惡涇渭分明。弱小的信差是眞善美的：他每日努力辛勤地工作，爲的是照顧年老體弱的寡母；他被強紳混混欺凌，也一向隱忍而不作聲；他眞誠善良地對待身邊的人，即使是被冤枉進了大牢也不怨天尤人。就是這樣一個唯唯諾諾的老好人，在面對最終關乎生死的道德抉擇時，堅定地站在了叛軍的對立面，即使代價是付出生命。與此同時，戲中的叛軍是假惡醜的代表，他們妄圖顚覆既有的社會秩序來中飽私囊，爲了營救所謂的叛軍同伴膽大包天，即使叛軍在法場救人中展現了對同伴不離不棄的優良品質，但因爲政治立場的不正確，這些特質便仍舊是邪惡的，是值得唾棄的。與叛軍形成鮮明對比的是，戲中官老爺的糊塗武斷險些釀成冤假錯案，但因爲政治立場的正確，那些過失倒顯得無傷大雅，糾錯改判後他仍舊是百姓們的青天大人，是公道的化身，也是懲惡揚善的急先鋒。

這樣的設定在我看來無疑是荒誕不經的，我本以爲在茶棚裡的大家會覺出這些戲中臉譜的荒唐可笑，可是當象徵著叛軍的紙片人偶在白綢布上身首分離之時，茶棚裡卻爆發出經久不息的叫好聲。我面帶錯愕地環顧四周，只見到人們的臉上洋溢著眞誠而幸福的笑容，好幾個年輕人還在茶棚一角捶著桌子叫好，像是正在揮刀殺敵般亢奮不已。

茶棚裡當時的歡樂氣氛讓我感到絕望，茶水的熱度再也無法抵禦棚外的寒氣，在那眾人皆嬉笑唾罵的刹那，我有一種無法爲外人道的孤獨感，這孤獨感並不源自於我對看客心態的不屑一顧，也不源自於我對名義上革命黨人身份的自怨自艾，而是源自於一種深刻的懷疑：我懷疑荒誕是否有其眞實性，是否只是一種個體經驗而無法被分享且不具有普適性；我懷疑世界是否本質上就是荒誕的，而自己則是荒誕的產物且不帶有任何自主性；我懷疑是否存在即荒誕，而孤獨和抽離僅是一種無意義和略帶自媚的掙扎（其本身就荒誕無比）。

好在這孤獨感並不持久，也很容易被忘記，我慶幸這孤獨感無法被準確地還原，否則我還要再對其反覆咀嚼思索，而這注定痛苦無比。我像是短暫地被拎在空中又丟回人間，置身於茶棚裡熱鬧非凡的氣氛中，我只能盡力在忘卻和集體無意識裡尋找著自洽，要知道這對我來說並不容易。

對於很多人來說，自洽是萬分迷人的，無數的人以各種形式對其渴求不倦，彷彿得到它之後便再也不用向這個令人困惑的世界發問，再也不會因時常被不可避免的未知裹挾而擔驚受怕，一切都順理成章，如同立在荷尖的蜻蜓一般自如而輕盈，因此而生的從容便能演化出幸福喜樂，是人生至眞至美的境界。

你大概可以想到，我對這套理論頗有微詞，在上文中我提到，自發地去尋找自洽這個舉動於我而言並不容易，此言非虛，因爲我很清楚這是對我既有人生觀的一種欺瞞。我在茶棚裡用遺忘和集體無意識去尋找自洽，是因爲表相上的自洽能讓我感到舒適。在精神層面，我不相信會有一種完全且絕對的自洽。除了客觀眞理，因人而異的絕對自洽於我來說，更像是海市蜃樓，哪怕僅有分毫相信這海市蜃樓的存在，都會令我產生一種，因爲自身軟弱而褻瀆了眞實的愧怍之情。如此一來，我的行爲和信仰便從本質上是分裂的，是不自洽的，從不自洽的局限裡去尋找自洽，便不可避免地回到了荒誕的現實含義之上。好在我並不刻意迴避這種無法辯證統一的矛盾（迴避也於事無補），而如下便是我最眞實的感受：即我無法做到完全的自洽，縱使我因此無法獲得常人眼裡的幸福喜樂，也是我自己的選擇，是我活該受這煎熬。

由於在囚車裡回味著影子戲的緣故，時間在我的感知層面過得飛快，一轉眼的功夫，天色已然黯淡下來。小衙役在馬車上緊緊地縮著脖子來抵禦越發凌烈的北風，他說這天色看起來還要再下雪。

果不其然，自天穹而降的鵝毛大雪，在我們還未踏入燈火通明的北平之時就已開始緩緩飄下。雪很快便積了起來，遠處的道路和田野上白茫茫一片，趕路的人們紛紛點亮馬車上的油燈或是燈籠裡的蠟燭，昏黃而微紅的光線隨著馬兒踢踏的節奏在車頭車尾處搖晃著，趕路的行人們在車道兩旁步履匆匆，好在雪是乾雪，落在身上只要及時撣開便也不至於濕了身。

小衙役沒有傘具，囚車也四面無遮掩，四姐妹們拿出隨身帶著的油紙傘，她們撐開其中的兩把，一把舉著給小衙役擋雪，另一把罩著囚車和她們四人（我在囚車裡，也因此免於被雪打濕）。小衙役有些不好意思，說麻煩了姑娘們給他撐傘。四姑娘們說一路上承蒙小衙役的關照，在風雪中爲驅馬駕車的小衙役撐傘實屬舉手之勞。我也藉此機會感謝了四姑娘們爲我打傘，「美兒」低頭看著囚車裡的我，使勁兒朝我作了個鬼臉。

小衙役一手勒著馬嚼子，一手指著前方，他說那就是北平城了。我順著他指的方向看過去，連綿的城牆聳立著，黑壓壓一片，即使從這麼遠的距離看過去，我仍舊能感受到北平城的威嚴。此時的城牆上堆積著初下的白雪，像是古舊的老人戴上了軟塌塌的白色絲帽，本就肅穆的北平倒是因此徒添了幾分活潑與俏皮。

進城的時候，四姑娘們依次從囚車上跳下來，她們在囚車後面排著隊，拿出早已備好的信件和證明，等待前來檢查的官兵。我問她們爲何要下囚車，她們說到了京城，總要有一點兒儀式感。這話倒是提醒了我，北平是我的最後一站，我也得做些什麼，好讓這旅程有些儀式感。可此時我被困在囚車裡，身邊空空如也（僅有禦寒的棉絮），除了能在木籠裡變換坐臥的姿勢，我什麼也做不了。

由儀式感而起，我忽然間想到了前幾日在空曠的郊外小路上，那飄忽不定的北平氣息以及帶著碎屑的煤煙味，曾一度讓我倍感親切乃至於浮想聯翩。如今即將要踏入北平，我被四姐妹們的話語激起，突然從一種無知無覺的麻木中醒悟過來，但是周遭的氣息卻讓我覺得格外陌生。

在此時高聳的城牆邊，我看見人們不斷地從嘴裡哈著氣搓手取暖，我聽見隊列前後的小販們此起彼伏的吆喝聲，也能聞到被馬車馱運出城的木桶裡泔水的味道。這些眞實的熱鬧與市井讓北平不再是我所熟悉和設想的那種清冷與孤立，我當然有些無措和失落，這意味著，我不得不承認，那個遺世而獨立的北平可能也只是我心中的幻影。就像一些曾在我腦海裡反覆出現的意象，比如雨後山頭升起的青煙，又比如熏紅夕陽下晚歸的樵夫，連同其他印在我腦海裡的，被精心設計過的畫面，它們無一例外都被赤裸的眞實消解殆盡，而如今的北平，我那命定的最終歸宿，似乎也變得不再特殊。

如果你還記得，我心中曾有一座橫亙在溫柔鄉與殘酷現實之間的木索橋，自從我踏上被午門斬首之路起，我就時常徘徊其上。在淄地的那幾日，我被同鄉的店小二質問之時，木索橋就已然坍塌，革命黨囚犯的身份自那之後起，於我來說便不再寓意著榮光，像是被扯開了最後一層遮羞布，我放棄了自己編織的故事，接受了無可挽回的命運。我曾以爲自己已經變得無比眞實勇敢，但事實果眞如此嗎？我仍舊無法直面自己，仍舊企圖給乏味的人生抹上失眞的色彩。北平或許是我的歸宿，但它也同時是其他許多人的歸宿。北平不屬於我，它也不應該屬於任何人。我的共情不應牽扯到北平，該是多麼幼稚和愚蠢的人，才會期許一座陌生的城市能對自己溫柔以待？

我感到一陣疲乏和傷感湧上心頭，只好閉上了眼，靠在囚籠邊休息。我聽見了迎面而來的兩個官兵，他們有著不同的口音，一個聽起來稚嫩些，另一個聽起來則成熟不少，他們叫小衙役拿出必要的通行證件。我聽見小衙役從包裹裡翻出了欽差大老爺的判文，因爲每次進出城他都要將判文拿出來，見得多了，閉上眼睛我也能在腦海裡勾勒出判文的模樣。

我聽見有個官兵朝我走來，他在夜裡舉著火把，即使隔著囚籠，我也能感受到火焰的溫度。他拿棍子敲了敲我的大腿，我挪了挪身，示意他我還活著，但我不想說話，也不想睜眼。放我和小衙役通行後，我仍能依稀聽見官兵們對四姐妹的盤問，但隨著飄雪在我身上輕柔地落下，那聲音漸行漸遠，我的意識也在不知不覺中逐漸模糊了。

在睡夢之中，我回到了自己曾經做過工的洋人鞋鋪。那個大胸脯的女幫工仍舊在鞋店裡的一角俯身擺弄著皮具，她就蹲在我身前，飽滿的胸脯在大腿和膝蓋的擠壓下變了形，我叫她的名字（可我並不知道她的名字），她沒有搭理我，只是輕輕地應和了一聲。她自始至終不曾抬頭，於是我絞盡腦汁也無法想起她到底長什麼模樣。

後來我放棄了嘗試，在鞋店裡四處走動。我在展示皮鞋的櫃檯處長久地駐足，迎面接待我的是一個年輕的鞋鋪伙計，二十來歲，他問我要買什麼鞋。我跟他說自己只是隨處看看。他盯著我望了好一會兒，顯得有些驚訝，他說他認識我。我說：你當然認識我，我們都快要死了。鞋鋪伙計顯得有些不解，他向後退了幾步，像打量怪人一般看著我，他說自己活得好好的，爲什麼要死？我搖了搖頭沒說話。鞋鋪伙計顯然期待我向他解釋更多，但見我之後沒再作聲，他有些喪氣。

大胸脯的女幫工在一旁嘟囔了一句，大概是說死有什麼好怕的，說著她直起身，把放在一旁的鑲邊大沿帽扣在腦袋上。與此同時，她的胸脯像洩了氣的皮球一般不見了踪影，衣裳也逐漸從灰色的粗布變爲白色的絲綢。那戴著鑲邊大沿帽的女人勒緊了束身的腰帶，朝我走來，她親暱地挽住我的臂膀，淺笑著問我，我們還有什麼沒做？我笑著對她說，自己可能眞不是革命黨的料。女人說是或不是革命黨並不重要，重要的是我們還在一起。說罷，她一手牽著我，一手丟掉了鑲邊的西洋帽，帶著我離開了店鋪。臨走時我對店鋪的伙計說，我可能不會再回來了，叫他不要傷心。他木然地望著我，點了點頭。

白衣女人緊緊地抓著我的手，帶我穿過了我所熟悉的這座城市，城市裡有沿街叫賣的商販，有客人絡繹不絕的茶館，有門前高掛著的大紅燈籠，也有天上飛著的五彩紙鳶，人聲鼎沸之下顯得熱鬧非凡。我對白衣女人說，咱們可以走慢點，我想再多看看。她說她正在帶我逃跑，沒法停下。我問她，我們究竟在躲什麼，要走得這麼急？她沒應答我，就如同我也沒應答那鞋鋪裡的年輕伙計一般。但她依然緊緊地抓著我的手，帶我向前奔去。在一座青石搭建的拱橋前，白衣女人停下了腳步，她鬆開我的手，對我說她就要離開了。我有些疑惑，問她怎麼不繼續帶著我逃跑。她嘆了口氣沒有再解釋，轉身就要走。我一個箭步衝了過去，從身後摟住了她，熟悉的皀莢發香讓我有些暈眩。再回過神來時，我懷中的白衣女人已經消失得無影無踪，只剩我一個人站在拱橋邊。

我朝拱橋上走了過去，在那石板台階之上站著一個瑟瑟發抖的年輕女人，她被衣物包裹得嚴嚴實實，見我上了拱橋，她問我來這拱橋上做什麼，我說自己是被人帶過來的。她上下打量了我一番，可能確信我並不是什麼惡人，方才慢慢放下了戒備。她說自己是個寡婦，住在離這不遠的郊外，帶著一個孩子。聽到母親在和什麼人對話，她身後的孩子揪著母親的褲腳探出了頭，好奇地望著我。我問她孩子的父親遭遇了什麼不測。她說自己的丈夫數月前得了怪病，前幾天斷了氣，這怪病也已經傳給了她，大概是命不久矣。我安慰她說不會的。她搖了搖頭，眼淚止不住地往外湧，只好低頭拿手抹，她說只可憐自己的孩子就要成爲孤兒。我抱起孩子，小人兒倒並不認生，捏著我的臉笑嘻嘻地怪叫。年輕的寡婦對我說，孩子還有親戚住在郊外，囑託我替她把孩子送過去。我點了點頭，讓她放心。

我放下懷中的孩子，牽著他的小手。他才生到我的膝蓋，頭上留著一小撮兒黑毛，蹦蹦跳跳的，好不喜慶。走到拱橋之上，往下看去，兩岸的泊船在河面上隨著微風和水波擺動著，河水正逆流而上，身邊的孩子越長越高，我的視線卻越來越低矮。再後來，走到拱橋下的時候，那成人高的孩子已經長成了我先前的模樣。他對我說，村子就在城外，我們很快就能走到。我點了點頭。

不久後，我們出了城，穿過了一片白茫茫的鹽鹼地，來到了一座破敗的小村莊。路上一個行人都沒有，倒是有幾條無家可歸的野狗，在路中間不懷好意地打探著來者。家家戶戶都掩著門窗，屋頂之上也見不著炊煙，沒有動靜，誰也不知道這村莊裡究竟還有沒有人。

那成人高的孩子熟門熟路地領著我在街巷間穿梭，最終在一扇木門前停了下來。他低頭告訴我，說這是我以後的家。我說這是他的家，不是我的。他說，是我們的家。聽他這麼一說，我突然有些莫名的難過，我對他說自己已經記不清母親的模樣了，他告訴我那並不重要。我說我好想她。他提醒我就要死了，想不想早已沒有什麼分別，所以也不重要。我問他那究竟有什麼是重要的，他想了想，說大概沒什麼是重要的。我有些不滿意他所說的，只好甩開他的手，推開了眼前的這扇門，向黑暗的裡屋走去。

穿過那短暫的黑暗，是一片明媚而溫暖的陽光，和鋪陳在院子裡的滿地紅棗，兩隻母雞在角落裡咯咯噠叫個不停，一對老夫婦坐在門楣上，佝僂著腰，微笑著對我說：你終於回來了。我點了點頭，笑著回應他們。他們從地上撿起了一顆紅棗，用手拂去了髒，遞給我讓我嚐嚐。我咬了一口，很甜。我問他們從哪裡買的紅棗兒，他們說幾天前在山下用新茶換來的，棗兒水分多，讓太陽給曬曬還能更甜。我說真好吃。老夫婦倆聽我這麼說很開心，囑咐我再多吃點。我說不了，我就要走了。他們問我要去哪裡，我說我要下山了。他們像是早已預料到一般，只是嘆了口氣，沒再多加挽留。我從門楣處攙扶起這對老夫婦，讓他們好生照顧自己。

與老夫婦一一作別後，我轉身朝屋外走去，門後又是一片黑暗，但這次的黑暗尤爲漫長，我彷彿在一片黝黑而無光的海面上漂流了幾個世紀，無所不在的孤寂、無力和虛無感將我包圍。

但好在黑暗的盡頭是門的微光，年輕寡婦的孩子仍舊在木門外等著我，此時他已變回孩童的模樣，大概是還沒有看見我正朝他走來，他的神情有些憂慮，兩隻手不安地拽著褲兜的邊沿。見我從木門裡走出，他興奮地衝我跑來，張開雙臂抱住了我，一個勁地咧著嘴笑。我把他摟在懷裡，不斷地安撫著他，我告訴他木門裡的故事，邀請他和我一同進入那扇門後的世界，他沒有多加考慮，便使勁地點了點頭。於是我牽著他的小手，再次邁入了那扇木門，以及門後的一片黑暗之中。由此，微光在我們身後逐漸消失，世界重又歸於寂靜和安詳。

【全書完】

國家圖書館出版品預行編目資料

醒夢 / 吳啟寅著. -- 初版. -- 臺北市 : 博客思, 2020.04
面 ;　公分. -- (現代文學 ; 62)
ISBN 978-957-9267-54-0(平裝)

857.7　　　　　　109001798

現代文學　62

醒夢

作　　者：吳啟寅
編　　輯：楊容容
美　　編：楊容容
封面設計：錢靜
出 版 者：博客思出版事業網
發　　行：博客思出版事業網
地　　址：台北市中正區重慶南路1段121號8樓之14
電　　話：(02)2331-1675或(02)2331-1691
傳　　真：(02)2382-6225
E—MAIL：books5w@gmail.com或books5w@yahoo.com.tw
網路書店：http://bookstv.com.tw/
https://www.pcstore.com.tw/yesbooks/
https://shopee.tw/books5w
博客來網路書店、博客思網路書店
三民書局、金石堂書店
總 經 銷：聯合發行股份有限公司
電　　話：(02) 2917-8022　傳 真：(02) 2915-7212
劃撥戶名：蘭臺出版社　帳號：18995335
香港代理：香港聯合零售有限公司
地　　址：香港新界大蒲汀麗路 36 號中華商務印刷大樓
C&C Building, 36,Ting, Lai, Road, Tai,Po, New,Territories
電　　話：(852)2150-2100　傳真：(852)2356-0735
出版日期：2020年 4 月 初版
定　　價：新臺幣300元整（平裝）
ISBN：978-957-9267-54-0